교과서에 나오는 우리 고전 새로 읽기 1
고미담 고미답
•가정 소설•

교과서에 나오는 우리 고전 새로 읽기 1

고전은 **미래**를 담은 **그릇**

고전이 **미래**의 **답**이다

엄예현 글 | 김용현 본문 그림

아주 좋은 날

    제가 살던 시골집에는 커다란 창고가 있어요. 창고에는 낡은 책장이 있는데, 제가 어릴 때 보던 책들도 꽂혀 있지요. 콩쥐팥쥐, 흥부와 놀부, 심청전, 장화홍련전 등 주로 옛날이야기가 많아요. 비록 낡고 빛이 바랬지만 제 어린 시절을 고스란히 느낄 수 있는 보물이랍니다. 그때 가슴 졸이며 읽었던 이야기들은 지금도 제 마음속에 차곡차곡 쌓여 있지요. 그런데 신기한 건 이야기 속 인물들이 가끔씩 제게 말을 걸어 온다는 거예요. 자기가 나쁜 행동을 해서 벌을 받았는데, 그때 왜 그랬는지 모르겠다고 한숨을 쉬기도 하고, 자기가 처음부터 나쁜 사람은 아니었다고 하소연하기도 하지요. 얘기를 가만히 듣고 있으면 안타까울 때가 참 많아요. 그들이 살았던 당시의 시간과 공간,

그리고 사회적 상황이 그들을 힘들게 했을 게 분명하니까요.

지금 우리가 살고 있는 세상은 하루가 다르게 변화하고 있어요. 너무 빨라서 정신을 차릴 수 없을 지경이지요. 이런 상황에서 자신을 잘 지키려면 마음의 힘이 필요해요. 그 힘을 기르는 가장 좋은 방법은 고전을 읽는 거예요. 고전은 우리 스스로 세상을 읽어 낼 수 있도록 다채로운 삶을 보여 주거든요. 곰곰이 생각해 보면, 고전 속에 등장하는 인물들은 뿌린 대로 거두는 삶을 사는 것 같아요. 모두를 속인다 해도 자신은 속일 수 없는 법이니, 자신이 무엇을 심든지 그대로 거두는 것이지요. 하지만 현실에서는 그렇지 않은 경우가 종종 있어서 당황스러울 때가 있어요. 약삭빠르게 행동하는 사람들이 그렇지 않은 사람들의 몫까지 챙겨 가는 일들이 빈번하게 일어나고 있으니 말이에요.

생선을 담았던 비닐에서 비린내가 나는 건 당연한 일이지요. 오물이 몸에 묻었는데 꽃향기가 나기를 바랄 수도 없는 일이고요. 자신만의 향기를 갖는 건 참으로 소중한 일이라고 생각해요. 나를 나답게 가꾸는 가장 좋은 방법이지요. 고전을 가까이 하는 사람에게는 그 누구와도 비교할 수 없는 향기가 난답니다. 그 향기가 궁금한 친구들은 어서 고미담 고미답 시리즈를 펼쳐 보세요. 자신도 모르는 사이에 은은한 향기가 몸에 스며들 거예요. 그러니 부지런히 읽어요. 여러분 모두 행복해질 수 있도록 말이에요.

차
례

장화홍련전

귀한 아기들과 새어머니

조선 시대 세종 임금 시절, 평안도 철산이라는 고을에 배무룡이라는 양반이 살았다. 그는 고을에서 좌수(조선 시대 군현의 수령을 보좌하던 향소의 우두머리) 일을 보았기 때문에, 사람들은 그를 배 좌수라고 불렀다. 배 좌수는 성품이 순박하고 인정이 많았다. 집안의 재산도 넉넉한 데다 어질고 착한 아내 장 씨와도 사이가 좋아 남부러울 게 없었다. 하지만 아쉬운 것이 딱 하나 있었다. 자식이 없었던 것이다.

그러던 어느 날, 따사로운 햇살에 장 씨는 온몸이 나른해져 깜빡 잠이 들었다.

"부인, 나는 하늘에서 내려온 신선이오. 어서 이 꽃을 받으시오."

신선은 장 씨에게 붉은 꽃 한 송이를 내밀었다. 장 씨가 꽃을 받으려는 순간, 갑자기 회오리바람이 일더니 붉은 꽃이 선녀로 바뀌었다. 선녀는 장 씨 품속으로 들어와 폭 안겼다. 깜짝 놀란 장 씨가 퍼뜩 눈을 떠 보니, 선녀는 사라지고 은은한 향기만 느껴졌다. 너무 신기한 일이라 배 좌수에게 꿈 이야기를 들려주었다.

"부인, 꽃이 선녀로 변했다니, 그건 분명 태몽이오. 우리에게 자식이 없는 걸 하늘이 불쌍히 여겨 귀한 아기를 보내 주시려나 보오."

아니나 다를까 장 씨는 정말로 아기를 갖게 되었다. 부부는 모든 일에 감사하며 전보다 더 조심하며 지냈다. 그렇게 열 달이 지나 마침내 장 씨는 예쁜 아기를 낳았다.

"부인, 고생이 많았소. 당신을 닮은 예쁜 딸이오."

배 좌수는 어여쁜 딸에게 장화라는 이름을 지어 주었다. 장미꽃처럼 예쁘고 귀한 아기라는 뜻이었다. 배 좌수 부부는 장화를 애지중지하며 귀하게 길렀다.

장화가 두어 살 되던 해, 배 좌수 부부에게 또다시 좋은 일이 찾아왔다. 장 씨가 아이를 가진 것이다. 부부는 오매불망 아들 낳기를 바랐지만, 이번에도 딸이었다.

'이를 어쩌나, 집안의 대를 이으려면 아들이 있어야 하는데……'

장 씨 부인은 너무나 실망스러웠다. 배 좌수도 섭섭했지만 자식을 바라는 대로 가려 낳을 수는 없는 일이었다. 배 좌수는 붉은 연꽃처럼 귀엽고 예쁜 둘째 딸의 이름을 홍련이라고 지어 주었다. 부부는 장화와 홍련을 지극정성으로 보살폈다. 장화와 홍련은 자랄수록 꽃봉오리가 피어나듯 화사했다. 예쁜 얼굴보다 마음씨가 더 고와서 사람들 모두 칭찬을 아끼지 않았다. 부모를 생각하는 마음도 깊고, 서로 다투거나 싸우는 일도 없었다. 배 좌수 부부는 장화와 홍련을 볼 때마다 흐뭇하고 자랑스러웠다.

그러나 달이 차면 기우는 것처럼 행복하기만 하던 배 좌수 집에 먹

구름이 덮쳤다. 장 씨 부인이 시름시름 앓기 시작하더니 자리에 눕고만 것이다. 하루가 멀다고 좋다는 약초는 다 구해 왔지만 어떤 약도 효과가 없었다. 장화와 홍련은 어머니를 낫게 해 달라고 빌고 빌었다. 하지만 장 씨는 눈에 띄게 야위어만 갔다. 자신의 병이 낫지 않을 것을 짐작했는지 장 씨가 힘없이 남편을 불렀다.

"아무래도 저는 힘들 것 같아요. 부디 옛정을 생각하시어 우리 장화와 홍련을 잘 키워 좋은 짝과 맺어 주소서. 그러면 저승에서도 그 은혜 잊지 않고 갚을 것이옵니다……."

겨우 말을 마친 장 씨 부인이 스르르 눈을 감았다. 배 좌수가 다급하게 부인의 몸을 흔들었지만 장 씨는 끝내 눈을 뜨지 못했다. 장화와 홍련은 어머니를 붙들고 통곡하였다. 배 좌수도 눈물을 훔치며 고개를 숙였다. 그리고 장 씨는 볕이 잘 드는 산기슭에 묻혔다.

세월이 흘러 3년이 지났지만, 장화와 홍련의 슬픔은 좀처럼 줄어들지 않았다. 오히려 어머니의 빈자리는 커져만 갔다.

배 좌수는 부인의 유언대로 부지런히 두 딸을 잘 돌보았다. 하지만 혼자서 자식을 돌보는 일은 결코 쉬운 일이 아니었다. 그 무렵, 집안의 어른들이 배 좌수를 찾아왔다.

"이보게, 자네도 이제 새장가를 들게나. 그래야 아들을 얻어 대를 잇지 않겠나?"

"저 아이들에게도 새 어미가 필요하네."

그러나 마땅한 여인이 없었다. 그러다가 겨우 구한 여인이 허 씨인데, 여러모로 죽은 장 씨와는 정반대였다. 얼마나 못생겼는지 보는 사람마다 얼굴을 돌릴 정도였다. 눈은 퉁방울처럼 튀어나왔고, 코는 크고 뭉툭하고, 입은 메기입 같고, 머리카락은 돼지털, 키는 껑충했다. 게다가 마음씨도 사나워서 남이 잘되는 꼴을 보지 못했고, 싸움 붙기를 좋아했다.

허 씨의 심술은 아들 셋을 연달아 낳은 뒤 더욱 심해졌다. 이제는 대놓고 장화와 홍련을 구박했다. 배 좌수는 허 씨가 못마땅했지만 대를 잇게 해 주었기에 함부로 대할 수도 없었다. 다만, 두 딸에게 마음이 쓰여 집으로 돌아오면 먼저 장화와 홍련에게 들렀다. 배 좌수가 두 딸을 어여삐 여길수록 허 씨의 시기심은 불타올랐다. 어떻게 하면 장화와 홍련을 헐뜯을지 궁리하기 바빴다. 이것을 눈치챈 배 좌수가 허 씨를 조용히 타일렀다.

"부인. 장화와 홍련은 친어미를 잃은 가엾은 아이들이오. 게다가 지금 우리가 풍족하게 지내는 건 모두 전처의 재물 덕분이오. 그러니 장화와 홍련을 괴롭힐 생각은 아예 하지 마시오."

누가 뭐라고 해도 무자비한 허 씨는 조금도 달라지지 않았다. 달라지기는커녕 장화와 홍련을 없애 버리겠다고 마음먹었다.

그러던 어느 날, 배 좌수는 딸의 방으로 들어가 장화와 홍련을 살폈다. 딸들은 죽은 어머니가 그리워 서로 손을 잡고 울고 있었다. 그 모습을 보는 배 좌수의 마음도 슬픔으로 가득 찼다.

"너희들이 이렇게 잘 자란 것을 너희 어미가 봤다면 얼마나 기뻐했겠느냐. 이 아비가 복이 없어 허 씨 같은 계모를 만나 너희들이 구박을 당하고 있으니 어찌 슬프지 않겠느냐. 앞으로 또 허 씨가 너희들을 못살게 굴면 차라리 쫓아낼 것이다. 그러니 마음을 편하게 먹도록 해라."

배 좌수는 눈물을 흘리며 두 딸을 위로했다. 하지만 문밖에서 허 씨가 듣고 있다는 사실은 알지 못했다.

끔찍한 음모

배 좌수의 속마음을 알게 된 허 씨가 큰아들 장쇠를 불렀다.

"장쇠야, 얼른 큰 쥐 한 마리 잡아 오너라. 아무도 모르게 잡아 와야 하느니라."

"쥐를 잡아 뭐 하시게요?"

"너희를 위해 하는 일이니 어미가 시키는 대로 해."

허 씨는 장쇠가 잡아 온 쥐의 껍질을 벗긴 뒤 피를 잔뜩 발랐다. 그렇게 하니 언뜻 봐서는 태어나지도 못한 아기의 핏덩이라고 해도 믿을 것 같았다. 밤이 깊어 장화와 홍련의 방에 불이 꺼졌다. 살그머니

딸들의 방으로 들어간 허 씨는 장화 이불 속에 죽은 쥐를 밀어 넣었다. 배 좌수가 돌아오자 허 씨는 혀를 끌끌 차며 얼굴을 찌푸렸다.

"이 일을 어쩌면 좋은지…… 동네 사람들 보기 창피해서……."

"대체 무슨 일로 그러오? 어서 말해 보시오."

배 좌수의 다그침에 허 씨는 못 이기는 척 털어놓았다.

"요즘 장화가 방에서 잘 나오지도 않고 수상하게 굴기에 유심히 지켜봤지요. 오늘은 늦도록 일어나지 않아 몸이 아픈가 하여 방에 들어가 보니…… 아이고 글쎄, 죽은 아이를 낳고 미처 수습하지 못해 쩔쩔매고 있지 뭐예요? 처녀 몸으로 아이를 낳았으니 소문이라도 나면 우리 집안은 망한 거나 다름없습니다."

"그럴 리가…… 우리 장화는 반듯한 아이인데, 절대 그럴 리가 없소."

배 좌수가 고개를 흔들었다. 기다렸다는 듯이 허 씨는 배 좌수를 이끌고 장화 방으로 들어가 이불을 들췄다. 그리고 재빨리 자신이 넣어 둔 죽은 쥐를 끄집어 내 배 좌수 앞에 들이밀었다. 핏덩이를 본 배 좌수가 기겁을 했다. 이때 장화와 홍련은 깊이 잠들어 있었기에 무슨 일이 벌어지고 있는지 알지 못했다.

안방으로 돌아온 배 좌수는 털썩 주저앉고 말았다. 허 씨가 배 좌수를 위로하는 체하며 냉큼 말을 이었다.

"양반집 딸이 이런 일을 저질렀으니 무슨 낯으로 세상을 살겠습니까? 나야 그렇다 치고, 당신 얼굴이 뭐가 되겠어요? 장화를 없애면 가문의 체면은 지킬 수 있겠지요. 하지만 그리하면 내가 전처 자식을 죽였다고 할 것이니, 차라리 이 몸이 죽어 그런 말을 듣지 않겠사옵니다."

거짓 눈물을 닦던 허 씨가 갑자기 품에서 은장도를 꺼내 가슴을 찌르는 척했다. 허 씨의 속셈을 모르는 배 좌수가 황급히 달려들었다.

"부인이 무슨 죄가 있다고 죽는단 말이오? 당신이 우리 집안의 명예를 위해 이렇게 애쓰다니…… 장화를 어쩌면 좋을지 어서 말해 보오. 당신이 시키는 대로 하겠소."

"내가 죽어 모든 것을 잊으려 했는데 당신이 말리니 참겠습니다. 하지만 저 아이를 죽이지 않으면 집안에 큰 화가 닥칠 것이옵니다. 그러니 남들이 알기 전에 서둘러 저 아이를 없애야 합니다. 장화에게 제 외삼촌댁에 다녀오라고 하세요. 그리고 장쇠를 시켜 한적한 연못에 장화를 밀어 넣는 것이 가장 좋을 듯하옵니다."

"휴…… 그리하겠소."

결국 배 좌수는 장화를 죽이자는 허 씨의 계략에 말려들고 말았다.

장화와 홍련은 돌아가신 어머니 생각에 울다 지쳐 깊이 잠들어 있었다. 그러니 계모 허 씨가 어떤 음모를 꾸미고 있는지 알 수 없었다. 장화는 잠결에 서늘한 기운이 느껴져 눈을 떴다. 이상하게 마음이 답답하고 쓸쓸했다. 어둠 속에 앉아 있으려니 슬픔이 밀려왔다. 그때

아버지가 부르는 소리가 들렸다. 장화는 밤중에 무슨 일인가 싶어 급히 달려갔다.

"너희 외삼촌 집이 멀지 않으니 장쇠를 데리고 잠깐 다녀오도록 해라."

"소녀는 어머니가 돌아가신 뒤 문밖을 나서 본 일이 없사옵니다. 그런데 어찌하여 깜깜한 밤에 모르는 길을 가라 하시옵니까?"

"장쇠를 데리고 가라 했거늘! 네가 아비 명을 어길 셈이냐?"

배 좌수가 무작정 화를 내자, 장화는 아버지가 몹시 낯설었다. 크게 야단친 적이 단 한 번도 없었기 때문에 더욱 놀랍고 서러웠다.

"제가 어찌 아버지의 말씀을 거역하겠어요? 밤중에 떠나라고 하시니 겁이 나서 그럽니다. 부탁이오니 날이 밝거든 가게 해 주십시오."

장화가 슬피 울며 말하자 배 좌수의 마음도 좋지 않았다. 어차피 죽어야 할 처지인데 그 정도 부탁이야 들어주고 싶었다. 그때 함께 있던 허 씨가 크게 꾸짖었다.

"너는 순순히 아버지 말씀을 따를 것이지, 뭔 잔말이 그리 많으냐?"

허 씨의 호령에 장화는 눈물을 흘리며 힘없이 돌아섰다.

"아버지가 무슨 까닭인지 이 밤중에 나더러 외가에 다녀오라고 하시는구나. 우리가 한 번도 떨어진 적이 없는데 너 혼자 두고 가려니 가슴이 미어지는구나."

장화가 홍련의 손을 잡고 헤어지지 못하자 허 씨가 달려와 소리를

질렀다.

"어찌 이리 요란하게 구느냐! 장쇠는 뭐 하고 있느냐, 빨리 누이를 데려가지 않고!"

기다리던 장쇠가 말을 끌고 득달같이 달려왔다. 어쩔 수 없이 장화는 홍련의 손을 놓았다. 홍련의 울음소리 때문에 차마 뒤를 돌아볼 수 없었다.

장쇠는 급히 말을 몰아 마을을 벗어났다. 장쇠가 든 횃불이 어두운 밤길을 비추었지만 장화는 도대체 어디가 어딘지 몰라 불안하기만 했다. 하지만 별 도리가 없었다.

이윽고 깊은 산속 소나무와 잣나무가 빽빽한 곳에 이르렀다. 밝은 달빛 아래 주변이 조용한데, 멀리서 구슬픈 두견새 울음소리만 들려왔다.

"워, 워…… 누님, 다 왔소. 어서 내리시오!"

갑자기 장쇠가 말을 멈추었다. 장화가 주위를 둘러보니 소나무 숲 한가운데 깊이를 알 수 없는 연못이 있었다. 연못은 잔물결만 찰랑거릴 뿐 아주 고요했다. 이런 곳에서 내리라니, 장화는 가슴이 철렁 내려앉았다.

"흥, 양반의 딸이 어떻게 그런 짓을 해? 남몰래 애를 낳다니! 집안 망하기 전에 누님을 연못에 빠뜨리라고 했으니 어서 내리시오."

장쇠는 머뭇거리는 장화를 우악스럽게 말에서 끌어 내렸다.

넋이 나간 장화는 하늘을 올려다보며 울부짖었다.

"아이고, 하늘이시여! 어찌 이 소녀에게 이런 고통을 주시나이까? 소녀 일곱 살에 어미를 여의고 홍련이와 서로 의지하며 십여 년을 지냈사옵니다. 새어머니의 구박이 심했지만 나쁜 마음을 품은 적이 없는데…… 이대로 죽으면 제 억울함은 누가 풀어 줍니까? 또 불쌍한 제 동생 홍련이는 누굴 의지하고 살겠습니까?"

통곡하던 장화가 쓰러지자, 장쇠는 장화를 흔들어 깨우며 다그쳤다.

"누님도 참 딱하오, 이 깊은 산속에서 누가 듣는다고 그리 야단이오? 어차피 죽을 목숨, 어서 연못으로 뛰어드시오!"

"장쇠야, 난 이렇게 누명을 쓰고 죽지만, 외로운 우리 홍련이 잘 돌봐 주길 바란다."

마지막 말을 남긴 장화가 신발을 벗어 연못가에 놓더니, 치마를 뒤집어썼다. 잠시 망설이던 장화는 나는 듯이 푸른 물결 속으로 뛰어들었다. 그때 갑자기 숲속에서 커다란 호랑이가 나타나 장쇠를 꾸짖었다.

"네 어미가 죄 없는 자식을 죽였으니, 천벌을 받아 마땅하다!"

번개처럼 달려든 호랑이가 장쇠의 두 귀와 팔 하나, 다리 하나를 떼어 먹고 온데간데없이 사라졌다. 피투성이가 된 장쇠는 기절하여 거꾸러지고 말았다. 그러자 장화가 타고 왔던 말이 그게 놀라 정신없이 내달렸다.

갑작스럽게 언니와 헤어지게 된 홍련은 언니를 부르며 울다 잠이 들었다. 비몽사몽간에 갑자기 물속에서 황룡을 탄 장화가 솟구쳐 올라왔다. 홍련은 너무 기뻐 장화를 소리쳐 불렀다. 그러나 장화는 본 체만체 하늘로 올라갔다.

"언니, 나도 데리고 가!"

홍련의 울부짖는 소리에 장화가 눈물을 흘리며 고개를 돌렸다.

"홍련아, 나는 너와 함께 있을 수 없어. 지금 옥황상제의 명령으로 약초를 캐러 가는 중이니 나중에 데리러 오마."

홍련은 깜짝 놀라 눈을 떴다. 온몸이 땀범벅이었고 가슴이 벌렁거렸다. 언니에게 안 좋은 일이 생긴 것 같아 배 좌수에게 달려가 꿈 이야기를 했다. 그러나 배 좌수는 뭐라 대꾸하지 않고 눈물만 흘렸다. 이때 갑자기 허 씨가 뛰어 들어와 얼굴을 붉히며 화를 냈다.

"어린 것이 뭘 안다고 함부로 지껄이느냐!"

허 씨는 홍련을 밖으로 끌어냈다. 홍련은 무서운 생각이 들었지만 의논할 사람이 없어 답답했다. 그러던 어느 날, 허 씨가 볼일을 보러 나간 사이에 홍련은 장쇠를 불러 살살 달랬다. 그러자 장쇠는 장화의 일을 숨김없이 털어놓았다.

모든 사실을 알게 된 홍련은 그만 기절하고 말았다. 겨우 정신을 차린 홍련은 당장 언니가 몸을 던진 연못을 찾아가고 싶었다. 하지만 길을 알 수 없었다. 한숨과 눈물로 하루하루를 보내는 홍련에게 파랑새 한 마리가 날아왔다. 파랑새는 활짝 핀 꽃나무 사이를 지나, 홍련의 눈앞에서 오락가락하였다. 마치 무슨 이야기라도 하고 싶은 것처럼 보였다. 장화가 몸을 던진 연못으로 데려다줄 것 같기도 했다. 한동안 빙빙 돌던 파랑새는 담장을 넘어 어딘가로 날아가 버렸다. 아쉬운 마음에 매일 기다렸지만 다음 날도 그다음 날도 파랑새는 오지 않았다. 마침내 홍련은 언니가 빠진 연못을 찾아가기로 마음먹었다.

'파랑새가 오지 않아도 좋아. 나 혼자서 언니 있는 곳을 찾아가리라.'

홍련은 아버지에게 편지를 썼다. 편지라고는 하지만 유서나 다름없었다. 편지를 다 쓰고 밖을 내다보니 새벽 달빛이 뜰에 가득했다. 서늘한 바람이 부는가 싶더니 파랑새가 다시 날아와 반갑게 지저귀었다.

"파랑새야, 네가 비록 말 못하는 날짐승이지만 내 마음을 아는구나. 우리 언니 있는 곳을 알려 주려고 온 게지?"

홍련의 말을 알아듣기라도 한 듯 파랑새가 고개를 까딱거렸다. 홍련은 서둘러 편지를 벽에 붙이고 슬피 울며 파랑새를 따라나섰다. 파랑새는 산길로 접어들더니 점점 깊은 산속으로 날아갔다. 홍련은 오로지 파랑새만 쫓아 정신없이 달렸다.

아침 해가 떠오를 무렵, 파랑새는 어느 연못가에 이르러 제자리를 맴돌았다. 홍련이 연못가를 둘러보는데, 물 위로 오색구름이 자욱하더니 슬픈 울음소리가 들렸다.

"홍련아, 여긴 왜 왔느냐? 어서 집으로 돌아가 부모님께 효도하며 잘 살아라……."

그것은 꿈에 그리던 언니의 목소리가 분명했다.

"난 언니 없이 못 살아요. 나도 언니와 같이 있을래요."

홍련은 서러워 정신을 차리지 못하다가 연못으로 풍덩 뛰어들었다. 홍련이 깊은 물속으로 사라진 뒤에도 오색구름은 걷히지 않았다. 그 뒤로 연못에서는 밤마다 여자 울음소리가 들려왔다. 겁에 질린 사람들은 더 이상 연못 근처에는 얼씬하지 않았다.

밝혀진 흉계

장화와 홍련이 억울하게 죽은 뒤, 평안도 철산 땅에는 이상한 일이 일어났다. 철산 부사로 부임한 사람들이 하룻밤을 넘기지 못하고 죽어 나가는 것이었다. 소문으로는 밤마다 귀신이 나타나 그리되었다고 했다. 임금도 이 일을 알고 걱정스러워 마음이 무거웠다. 특별히 어진 사람을 골라 보내도 웬일인지 부임한 다음 날이면 어김없이 죽고 말았다. 그러자 더 이상 철산 부사로 가겠다는 사람이 나타나지 않았다.

그러던 어느 날, 정동우라는 사람이 철산 부사가 되겠다고 나섰다. 그는 용기와 지혜가 뛰어난 사람이었다. 임금이 크게 기뻐하며 당부하였다.

"아무도 철산 부사로 나서지 않아 걱정하고 있었는데, 믿을 만한 사람이 나서니 참으로 다행이오. 부디 몸조심하고, 철산 백성들을 잘 보살피도록 하시오."

정동우는 임금의 말씀을 마음에 새기며 철산 고을로 내려갔다. 관아에 도착하자마자 이방을 불러 사실을 확인했다.

"이 고을에 새 부사가 내려오는 대로 죽는다는데 사실이냐?"

"아뢰옵기 송구하오나 지난 오륙 년 내내 그런 일이 있었사옵니다. 저희들도 그 까닭을 알지 못해 답답할 뿐입니다."

한참 동안 말이 없던 신임 부사가 이렇게 분부했다.

"너희들은 오늘 밤 불을 끄고 밖에서 무슨 소리가 들리는지 살피도록 해라. 절대 잠이 들어서는 안 되느니라."

이윽고 해가 지고 날이 어두워졌다. 정동우는 등불을 켜고 책을 펼쳤다. 밤이 깊어 갈 무렵, 갑자기 서늘한 바람이 불었다. 등불이 깜박깜박하더니 난데없이 검은 그림자가 나타났다. 오싹한 기운이 든 정동우는 정신을 차리려고 눈을 부릅떴다. 눈앞에 연두저고리에 다홍치마를 입은 여인이 서 있었다. 자세히 보니 앳된 처녀 같았다. 하지만 얼굴빛과 입술이 푸르스름한 것으로 보아 산 사람이 아닌 게 분명했다. 여인은 정동우에게 큰절을 올렸다.

"너는 누군데, 이 밤중에 나를 찾아와 절을 하느냐?"

"소녀는 이 고을에 사는 배 좌수의 둘째 딸 홍련이라고 하옵니다. 살아 있을 때 저와 함께 기쁨과 슬픔을 나눈 언니는 장화이옵니다. 그동안 저희들의 억울함을 아뢰고자 부임하는 부사들을 찾아왔지만, 소녀의 모습을 보자마자 놀라 돌아가셨습니다. 이제 하늘의 도우심으로 담대하신 부사 어른을 만났으니, 부디 언니의 누명을 벗겨 주시고, 저의 원한도 풀어 주소서."

홍련은 모든 일을 빠짐없이 말했다. 고약한 새어머니가 자신들을 어떻게 대했는지, 언니 장화는 왜 연못에 빠져 죽을 수밖에 없었는지 그리고 스스로 목숨을 끊은 자신의 일까지 낱낱이 고했다.

정동우는 크게 놀랐지만 내색하지 않았다. 다만 고개만 끄덕일 뿐이었다.

"지금 언니와 저는 차디찬 연못 바닥에 누워 살지도 죽지도 못하고 한 맺힌 넋만 떠돌고 있사옵니다. 부디 저희를 불쌍히 여겨 진실을 밝혀 주시옵소서."

말을 마친 홍련이 다소곳이 절을 하더니 연기처럼 사라졌다.

이튿날 아침, 날이 밝자 이방과 사람들이 몰려왔다. 방에서 아무 기척이 없자 또 초상을 치르게 생겼다고 법석을 떨었다. 그때 방문이 열리며 신임 부사가 나오자 사람들은 크게 감탄하였다.

부사는 이방에게 배 좌수 집안이 어떠한지, 두 딸은 왜 죽고 말았는지 그 이유를 물었다.

"들리는 소문에 의하면 큰딸은 부끄러운 죄를 저질러 연못에 빠져 죽었다 하고, 작은딸은 제 언니가 그리워 통곡하다가 따라 죽었다고 하옵니다. 안개가 낀 날이면 자매가 빠져 죽은 연못에서 '새어머니의 흉계로 원통하게 죽었다'고 흐느끼는 소리가 들려와 그 말을 들은 사람들은 모두 눈물을 흘린다 하더이다."

이방의 대답을 들은 부사가 큰 소리로 명령했다.

"당장 배 좌수 부부를 잡아들이도록 하라!"

어리둥절한 얼굴로 배 좌수와 허 씨가 신임 부사 앞에 섰다. 부사는 부부를 쏘아보며 배 좌수에게 물었다.

"듣자 하니 그대에게 두 딸과 세 아들이 있다던데 사실이냐?"

"두 딸은 병들어 죽었고, 세 아들만 살아 있사옵니다."

"두 딸은 무슨 병으로 죽었느냐? 바른대로 말하면 죽기를 면할 것이고, 행여 거짓을 말한다면 너희는 곤장을 맞고 죽게 될 것이다!"

부사의 호령에 배 좌수 얼굴이 흙빛으로 변하자, 옆에 있던 허 씨가 냉큼 나섰다.

"제가 대신 아뢰겠사옵니다. 사실 두 딸은 병으로 죽은 게 아니옵니다. 큰딸 장화는 망측한 일을 저지른 것이 부끄러워 스스로 연못에 빠져 죽었나이다."

"망측한 일이라니?"

"혼인하지 않은 몸으로 아이를 배더니, 끝내 죽은 아이를 낳았지 뭡니까. 그리고 작은딸 홍련도 언니처럼 행실이 나빠 몰래 집을 나가 소식이 없나이다."

허 씨는 조금도 망설이지 않고 거짓말을 늘어놓았다.

"제가 친어미가 아니니 혹시 딴소리가 나올까 봐 장화가 아이를 없앤 것을 깊이 숨겼나이다. 그런데 오늘 부사 어른께서 저희 부부를 찾으시기에 그 일이라 짐작하고 이렇게 가져왔나이다."

보란 듯이 허 씨가 품속에서 보자기를 꺼내 펼쳤다. 시커멓게 말라굳은 것이 나오자 부사의 얼굴이 굳어졌다. 눈으로 봐서는 그것이 죽은 아이인지 알기 어려웠다.

"자네의 말과 증거가 어긋남이 없는 것 같지만, 오래되어 분간이 어렵다. 내 좀 더 깊이 생각하고 처리할 것이니 오늘은 이만 물러가라."

부사는 배 좌수와 허 씨를 돌려보냈다. 증거까지 보이는 허 씨를 벌할 수는 없었다.

그날 밤, 부사는 답답하여 쉽게 잠을 이룰 수 없었다. 어젯밤처럼 어디선가 찬바람이 불더니 부사 앞에 홍련이 나타났다. 이번에는 혼자가 아니라 한 여인과 함께였다. 슬픈 얼굴로 서 있는 여인은 장화가 분명했다. 자매는 부사에게 절을 했다.

"하늘의 도우심으로 용맹하신 부사 나리를 만나 누명을 벗나 했더니, 어찌 못된 허 씨의 속임수에 넘어가셨나이까?"

홍련의 목소리에는 원망이 가득했다.

"증거까지 있는데 어찌하겠느냐. 내 좀 더 알아볼 것이니라."

"날이 밝거든 저희 계모를 다시 부르소서. 죽은 아이라 하는 것의 배를 갈라 보시면 진실이 밝혀질 것이옵니다. 하오나 소녀들의 아버지만큼은 용서해 주소서. 본디 착한 분인데 어리석게도 허 씨의 간사한 꾀에 빠져 그리된 것이니 너그럽게 봐주소서."

자매는 부사에게 절을 하고 조용히 사라졌다.

날이 밝자 부사는 배 좌수와 허 씨를 다시 잡아들였다. 허 씨에게 속은 것이 분했지만 다른 말은 하지 않고 죽었다고 하는 증거물의 배를 가르게 했다. 그 안에는 검고 동글동글한 마른 쥐똥이 들어 있었다.

"이런 고얀 것! 이제는 어떤 변명을 늘어놓을 테냐!"

부사가 호통을 치자 부들부들 떨던 허 씨가 고꾸라졌다.

"부사 나리, 죽을죄를 지었나이다. 제발 살려만 주시옵소서!"

그 모습을 지켜보던 사람들이 분통을 티뜨렸다. 가장 큰 충격을 받은 사람은 배 좌수였다. 자신의 어리석음으로 아무 죄 없는 두 딸이 죽었다는 생각에 가슴을 쳤다. 결국 배 좌수는 기절하고 말았다.

"어봐라, 저 죄인을 꽁꽁 묶고 큰칼을 씌우라!"

부사가 눈을 부릅뜨며 명령했다. 그때 기절했던 배 좌수가 깨어나

울며 빌었다.

"나리! 이 죄인 한 말씀 올리고자 하옵니다. 모든 것이 제 잘못이옵니다. 전처가 세상을 뜨고 어린 두 딸을 키우며 살았지요. 하오나 딸들은 대를 잇지 못하니, 아들 볼 욕심에 허 씨를 후처로 맞아들였습니다. 허 씨가 아들 셋을 낳자 그 기쁨으로 딸들이 계모에게 구박을 받는다는 걸 알면서도 도와주지 못했사옵니다. 그런 데다가 허 씨가 처녀인 장화가 행실이 좋지 않아 죽은 아이를 낳았다고 했을 때도 그 말을 곧이곧대로 믿고 장화를 죽게 하였사옵니다. 그러니 이 죄인 죽어 마땅하나이다."

고개를 숙인 배 좌수의 눈에서 굵은 눈물방울이 뚝뚝 떨어졌다.

풀리는 원한

부사는 허 씨를 다그쳤다.

"죄인 허 씨는 지은 죄를 바른대로 고하라!"

이제 모든 것이 끝났다는 것을 안 허 씨는 자신이 한 일을 털어놓았다.

"저희 친정은 대대로 명문 가문이온데, 갑자기 집안이 기울었사옵니다. 그러던 중에 배 좌수 집안에서 청혼이 들어왔고, 저는 좌수 어른의 후처가 되었나이다. 다행히 전 부인의 두 딸은 심성이 고왔지요. 하지만 날이 갈수록 자매는 저를 업신여겼고, 친어미가 남긴 재산을 챙겨 시집갈 궁리만 하였사옵니다. 아비는 두 딸이 공손하게 구는 모습만 봤기에 제 말을 믿으려 하지 않았지요. 그래서 이런 일을 꾸몄나이다. 제가 두 딸을 죽게 했으니 저는 죗값을 받겠사옵니다. 하오나 나리……."

갑자기 허 씨가 애원하듯이 울먹였다.

"큰아들 장쇠는 이 일로 이미 천벌을 받아 몸이 성하지 않사옵니다. 그러니 부디 장쇠의 죄는 용서해 주시옵소서!"

함께 잡혀 온 장쇠와 형제들도 무릎을 꿇었다. 먼저 몸이 불편한 장쇠가 빌었다.

"부사 나리! 제가 장화 누이를 연못으로 데려가 죽게 했습니다. 그러니 저를 죽여 주시옵소서!"

두 형제도 울부짖으며 늙은 부모님 대신 자신들이 벌을 받겠다고 했다. 세 아들이 서로 죽겠다고 하자, 허 씨의 눈에서 눈물이 흘러내렸다. 자식을 위해 저지른 일이 아들 셋을 죽음으로 몰아넣고 말았으니, 허 씨의 가슴이 찢어지는 듯했다.

그 모습을 지켜보던 부사는 생각에 잠겼다. 고민 끝에 사건의 내용을 사세히 적어 평안도 관찰사에게 보냈다. 자신의 뜻대로 처리하는 것보다 더욱 현명한 판결을 내리기 위해서였다.

철산 부사가 보낸 문서를 받은 관찰사는 크게 놀라 입을 다물지 못했다. 이런 일은 이제까지 없었던 일이라 임금에게 도움을 청했다. 임금도 허 씨의 악행을 알고 놀라지 않을 수 없었다. 장화와 홍련을 가엾게 여긴 임금은 다음과 같이 명을 내렸다.

"사악한 허 씨는 사람으로서 도저히 해서는 안 될 짓을 저질렀다. 그러니 엄하게 다스릴 것이다. 허 씨는 능지처참(머리와 팔다리 등을 잘라 죽이는 형벌)하고, 그 아들 장쇠 또한 죄가 크니 밧줄에 목을 매달아 죽이도록 하라. 그리고 자매가 빠진 연못 곁에 비석을 세워 장화와 홍련의 혼백을 달래고, 그 아비는 자매의 소원대로 석방하도록 하라!"

임금은 한 가지를 덧붙여 이 사건을 자세히 적어 벽에 붙이도록 분부하였다. 그래야만 모든 백성들이 알고 나쁜 마음을 품지 않을 것이라 여긴 것이다.

부사는 임금의 명을 그대로 따랐다. 그리고 배 좌수를 불러 크게 나무랐다.

"어리석은 사람 같으니라고! 그대의 죄 또한 크다 하겠으나, 장화와 홍련이 아비를 용서해 달라 하고, 임금께서도 죄를 묻지 말라 하시니 풀어 주노라!"

"죽어 마땅한 죄인을 살려 주시니, 입이 열 개라도 할 말이 없사옵니다."

배 좌수는 차마 얼굴을 들지 못하고 두 아들과 함께 물러났다.

벌주는 일이 끝나자 부사는 일꾼들을 데리고 연못으로 갔다. 건장한 일꾼들이 사흘 밤낮으로 물을 퍼내자 흙바닥이 조금씩 드러나기 시작했다. 놀랍게도 연못 바닥에 두 여인이 깊은 잠에 빠진 듯 누워 있었다. 죽은 지 여러 해가 지났지만 시신은 조금도 상하지 않고 깨끗했다. 부사는 자매를 양지바른 곳에 묻어 주고, 무덤 앞에 비석을 세웠다. 며칠 뒤, 부사의 꿈에 장화와 홍련의 혼령이 찾아왔다.

"부사 어른 덕분에 소녀들의 원한이 풀렸나이다. 시신까지 거두어 묻어 주시고 소원대로 아비마저 용서해 주시니 그 은혜 태산보다 높고 바다보다 깊사옵니다. 부사께서는 머잖아 높은 벼슬에 오르실 것이옵니다."

빙그레 웃던 장화와 홍련이 스르르 사라지자, 부사는 깜짝 놀라 정신을 차렸다. 꿈에서 들은 말대로 부사는 오래지 않아 벼슬이 높아졌다. 벼슬이 올라갈 때마다 정동우는 장화와 홍련이 생각나 자매의 영혼을 위로했다.

한편 배 좌수는 제대로 살아갈 수 없었다. 사신이 어리석어 두 딸이 억울하게 죽었다는 생각에 밥도 먹을 수 없었고 잠도 잘 수 없었다. 매일 시름에 잠겨 지내다 보니 몸이 점점 쇠약해졌다. 이를 불쌍히 여긴 집안 어른들은 배 좌수가 새장가를 들 수 있게 주선했다. 새로 들어온 윤 씨 부인은 허 씨와는 전혀 달랐다. 예쁘기도 했지만 온순하고 너그러웠다. 윤 씨는 마음의 상처가 깊은 배 좌수를 살뜰히 보살폈다. 윤 씨의 정성으로 배 좌수는 조금씩 살아갈 힘을 되찾았다.

하루는 배 좌수가 잠자리에 들어서도 잠을 이루지 못하고 있는데 방문이 저절로 열리더니 향긋한 바람이 불었다. 곧이어 장화와 홍련이 사뿐 걸어 들어와 절을 했다.

"아버지! 저희가 일찍 어머니를 여의고 못된 계모 탓에 아버지와 오래 살지 못하고 이별하게 되었사옵니다. 소녀들이 그 억울함으로 저승에서도 슬프게 지내자 옥황상제께서 저희를 딱하게 여기시어, 아버지의 딸로 다시 태어나 부녀의 인연을 이으라고 하셨나이다."

배 좌수는 딸들의 손을 잡고 눈물을 흘렸다. 그때 갑자기 닭 우는 소리가 요란하게 들리더니 장화와 홍련이 바람처럼 사라졌다. 배 좌수는 놀라 잠에서 깨어났다. 그때 윤 씨 또한 꿈을 꾸었다. 방 안에 꽃향기가 퍼지더니 선녀가 연꽃 두 송이를 건네주는 꿈이었다. 윤 씨가 꿈 이야기를 들려주자, 배 좌수는 태몽이 분명하다며 기뻐하였다. 과연 윤 씨는 그 뒤 아이를 가졌다. 열 달이 지나자 장미꽃 같고 연꽃 같은 딸 쌍둥이가 태어났다. 배 좌수는 아이들 이름을 장화와 홍련이라 짓고 귀하게 길렀다. 둘 다 심성이 곱고 몸가짐도 단정해 주변 사람들의 칭찬이 끊이지 않았다.

어느덧 세월이 흘러 장화와 홍련도 열다섯, 시집갈 나이가 되었다.

"우리 장화와 홍련에게 어울릴 만한 신랑감을 어디서 찾을꼬?"

배 좌수 부부는 사윗감을 찾기 위해 사방으로 알아보았다. 때마침 평양에 사는 이연호라는 사람도 며느릿감을 찾고 있었다. 이연호에게는 윤필, 윤석이라는 쌍둥이 아들이 있었는데 됨됨이가 반듯하고 글솜씨가 뛰어났다. 양쪽 집안 모두 서로가 마음에 들었다. 윤필과 윤석 형제는 과거 시험에 급제한 뒤 장화와 홍련을 아내로 맞았다.

그 뒤, 장화 부부와 홍련 부부는 아들딸을 낳고 행복하게 살았다. 배 좌수는 아흔 살 넘게 살다가 세상을 떠났고, 이듬해 윤 씨 부인도 남편의 뒤를 따라갔다. 윤필 형제의 부모마저 돌아가시자 형제는 한 집에 모여 살았다. 쌍둥이로 태어난 까닭인지 장화와 홍련은 내내 복을 누리다 일흔세 살에 함께 세상을 떠났고, 윤필 형제도 일흔다섯 살에 나란히 세상을 등졌다. 그 후에 장화와 홍련의 자손들도 아들딸을 많이 낳고 대대로 넉넉하고 행복하게 살았다.

장화홍련전
부록

원전을 기본으로 하나 어려운 한자와 이해하기 힘든 부분은 풀어서 썼습니다. 또한 미루어 짐작할 수 있는 상황은 대화나 인물의 심리 상태를 추가해 고전에 쉽게 접근하도록 했습니다.

들어가기

장면1.

여학생 : (긴 머리를 풀어 처녀 귀신 흉내를 내며)

　　　　ㅇㅇㅇ~ ㅇㅇㅇ~

남학생 : (깜짝 놀라 뒤로 넘어진다) 으악!

여학생 : (깔깔 웃으며) 하하하!

남학생 : (벌떡 일어나며) 야! 깜짝 놀랐잖아!

여학생 : 너 겁이 많구나?

남학생 : 네가 갑자기 튀어나와서 그렇지!

여학생 : 네, 네~ 알겠습니다.

남학생 : (씩씩대며 여학생을 노려본다)

장면2.

선생님 : (껄껄 웃으며) ○○이를 보니 사또는 못 되겠구나?

남학생 : 사또요?

여학생 : 저 알아요! 〈장화홍련전〉 말씀하시는 거죠?

선생님 : 딩동댕! 〈장화홍련전〉은 조선 후기에 쓰인 소설이지. 계
모의 간사한 꾀로 죽임을 당한 장화와 홍련 자매가 새로
부임하는 사또에게 자신들의 억울함을 호소하는 이야기
란다. 장화와 홍련의 안타까운 사연을 들은 사또가 계모
를 추궁하고, 결국 진실이 밝혀져 벌을 받게 된다는 권선
징악적 교훈이 담긴 이야기지.

남학생 : 선생님! 그런데 저는 왜 사또가 못 되는 거예요?

여학생 : (다시 처녀 귀신 흉내를 내며) 장화랑 홍련이 사또 앞에
귀신으로 나타났기 때문이지! ㅇㅇㅇㅇ~~

남학생 : 으악!

선생님 : 하하하!

장면3.

남학생 : 〈장화홍련전〉을 오행시로 설명할 테니까 잘 들어 봐!

장 : 장화홍련전은 실제로 있었던 이야기를 쓴 가정 소설로, 계모
형 소설의 형태를 가졌어요.

화 : 화사한 웃음을 가졌던 장화와 홍련에게 나쁜 짓을 저지른
허 씨 부인의 최후를 통해 후처제와 일부다처제에 대한 비

판 의식을 보여 주고 있어요. 더불어 나쁜 짓을 한 사람은 결국 벌을 받는다는 권선징악적 교훈도 보여 주지요.

홍 : 홍련이와 장화는 옥황상제의 은혜로 윤 씨 부인의 자식으로 다시 태어났어요. 우리 민족 고유의 환생 설화가 보이는 부분이지요. 다시 태어난 자매는 어머니 윤 씨와 아버지 배 좌수와 함께 행복한 시간을 보내다가

련 : 연지곤지 찍고 혼인도 하게 됐답니다. 환생하기

전 : 전의 삶에 비록 아픔이 있었을지라도, 착하게 산 자매는 결국 복을 받고 행복하게 살았답니다!

선생님 : (박수 치며) 이렇게 잘하면 사또도 될 수 있겠는데? 자, 그럼 이제 〈장화홍련전〉을 제대로 알아볼까?

고미담
고전은 미래를 담은 그릇

고전 소설 속으로

〈장화홍련전〉은 조선 효종 시절에 있었던 실제 사건을 바탕으로 쓴 가정 소설이다. 〈명신록〉에 의하면 평안도 철산 부사 전동흘이 계모의 계략으로 억울하게 죽은 두 딸 사건을 처리했다는 기록이 있다.

그 뒤 전동흘의 후손인 전만택이 박인수에게 부탁해 1818년에 한문으로 썼다고 전해진다. 하지만 한글로 쓴 〈장화홍련전〉은 누가 언제 지었는지 알려지지 않았다. 계모형 가정 소설의 대표 작품이며 현재는 남아 있지 않지만 예전엔 판소리로도 불렸다.

미리미리 알아 두면 좋은 상식들

1. 〈장화홍련전〉 속 특징은?

〈장화홍련전〉은 실화에 바탕을 두고 있지만 기록되기 전에는 입에서 입으로 전해졌다. 이것은 원래의 이야기에 계속해서 살이 붙는다는 의미를 담고 있다. 사람들의 상상력과 여러 설화들이 덧붙여지면서 줄거리가 조금씩 달라지고 다듬어진 것이다. 그 결과 〈장화홍련전〉에는 민족 고유의 설화가 다양하게 포함되어 있다.

2. 〈장화홍련전〉 속 우리 민족 고유의 설화

- 태몽 설화 : 꿈의 예언으로 비범한 아이를 잇는 설화. 심국사기에 실려 있는 김유신 장군의 태몽 설화, 삼국유사에 실려 있는 원효 대사의 태몽 설화 등이 있다.
- 계모 설화 : 계모가 전 부인의 자식을 괴롭히거나 죽이는 설화. 주로 계모의 학대를 행운으로 극복하는 구조로 전개된다. 하지

만 그 행운은 주인공이 착하고 성실하게 살아가야만 얻을 수 있는 것이다. 이것은 당시 사람들이 고난을 극복할 때 하늘이 돕는 다고 믿었고, 권선징악적 신념을 가지고 있었다는 것을 알 수 있다. 〈콩쥐 팥쥐〉 속에도 계모 설화가 녹아 있다.

• 신원 설화 : 살아서 지녔던 원이나 한을 풀지 못하고 죽은 뒤 원령이 되어 그 한을 다른 사람이 풀어 주는 설화. 〈아랑 전설〉도 여기에 해당된다.

• 환생 설화 : 죽었던 사람이 되살아나거나 다른 삶의 형태로 태어나는 설화. 사람이 식물, 동물로도 다시 태어날 수 있고, 그 반대가 될 수도 있다. 환생 설화의 형태를 통해 죽음과 내세를 기약했던 우리 민족의 주술적 성격을 엿볼 수 있다.

3. 조선 시대 여성의 지위는 어땠을까?

조선 전기의 여성의 지위는 고려 시대와 비슷했다. 활동에 있어서도 자유로웠고 사회적 위치도 남성과 동등했다. 재산 분배는 평등했고, 족보에는 태어난 순서대로 기재됐다. 외출을 하거나 재혼을 하는 부분도 자유로웠다.

하지만 조선 후기에 유교적 사회 윤리를 강조하면서 여성의 지위가 전반적으로 낮아졌다. 여성이라는 이유로 재산 분배에 있어서도 차별을 받았고, 외출도 어려워졌으며 재혼은 금지됐다. 〈장화홍련전〉 속 남자 주인공 배 좌수는 재혼을 두 번 했지만 아무도 문제 삼지 않는다.

4. 조선 시대의 귀신 이야기

조선 시대는 지금보다 더 주술적인 시대였다. 지금은 과학적으로 설명할 수 있는 현상들도 그때는 하늘의 뜻으로 해석하였다. 그런 기이한 현상들은 기록으로 남겨지기도 했다.

• 성종 17년, 성종이 신하들과 가난한 백성들을 돕는 방법에 대해 의논하고 있었다. 그때 예조 판서 유지가 갑자기 엉뚱한 이야기를 꺼냈다.

"성 안에 요귀가 많습니다. 영의정 정창손의 집에는 귀신이 있어, 능히 집 안의 물건들을 옮긴다 합니다. 호조 좌랑 이두의 집에도 여귀(여자 귀신)가 있어 매우 요사스럽습니다. 대낮에 사람 모습으로 나타나고, 말을 하며 음식까지 먹는다고 하니 액막이 기원을 드리게 하시옵소서."

성종은 이에 호기심을 감추지 못했다. 그러자 영사라는 직책을 맡은 홍응도 자신이 들은 이야기를 전했다.

"예전에 유문충의 집에 쥐가 나와 절을 하고 서 있었다고 합니다. 그 말을 들은 유문충이 '굶주려 먹을 것을 구하는 것이니 쌀을 주라'고 하였답니다. 그 뒤로는 이상한 일이 없었다고 하옵니다."

〈장화홍련전〉은 대표적 계모형 소설로 두 번째 부인 허 씨와 전 부인의 자식인 장화, 홍련 사이의 갈등을 그렸다. 허 씨의 계략으로 결국 장화와 홍련이 억울하게 죽게 되는 구조를 취하고 있다. 이 이야기를 통해 조선 후기의 후처제와 일부다처제에 대한 문제의식을 드러냈다.

고미답
고전은 미래의 답이다

계모와 전 부인 자식 사이의 갈등은 누가 만들어 낸 것일까?

조선 후기는 유교 사상의 심화로 인해 남성 중심주의가 가득한 사회였다. 남성의 재혼은 전혀 문제가 되지 않았지만 여성은 재혼을 할 수 없는 구조였던 것이다.

조선 후기에는 어머니를 '팔모규정'을 통해 여덟 단계로 등급화했다.

❶ **적모(嫡母)** − 서자(첩의 자식)가 아버지의 본부인을 부르는 말

❷ **계모(繼母)** − 낳아 준 어머니가 아닌 아버지의 새로운 부인

❸ 양모(養母) – 양어머니

❹ 자모(慈母) – 친어머니의 사후에 양육해 준 새어머니

❺ 가모(嫁母) – 아버지의 사후에 다른 이와 재혼한 친어머니

❻ 출모(黜母) – 아버지와 이혼하고 가출한 친어머니

❼ 서모(庶母) – 아버지의 첩

❽ 유모(乳母) – 젖어머니

이러한 등급제는 새로 가족이 된 계모와 전 부인 자식 사이의 어쩔 수 없는 거리감을 만들었다. 친어머니와 계모는 다른 존재이고, 절대 동일할 수 없다는 것을 확인시키는 사회였던 것이다. 이런 사회에서 살고 있던 장화와 홍련이 친어머니에 대한 그리움을 버리고 마음을 열어 허 씨 부인을 받아들이기란 쉽지 않았을 것이다. 허 씨 부인 또한 자신을 어머니로 받아들이지 않는 자매와 가까워지기 어려운 것은 마찬가지였을 것이다. 갈등의 시작은 조선 시대 가부장제가 만든 알 수 없는 사회적 규범 때문이라고 볼 수 있다.

미처 생각하지 못한 질문

1. 허 씨 부인과 장화, 홍련 자매 사이에서 중재자 역할을 제대로 수행하지 못한 배 좌수는 왜 아무런 벌도 받지 않았을까? 배 좌수는 죄가 없는 걸까?

2. 고전 소설에서 계모는 왜 항상 나쁘게 등장할까?

3. 장화와 홍련이 돌아가신 어머니만 그리워하지 않고, 허 씨 부인에게 마음을 열고 다가갔다면 이야기는 어떻게 됐을까?

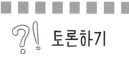
답을 찾아 한 걸음씩 나아가기

〈장화홍련전〉속의 허 씨 부인은 자신이 낳은 자식이 아니라는 이유로 장화, 홍련 자매를 괴롭히고 심지어는 죽음으로 몰고 간다. 피가 섞이지 않았다고 해서 서로 사랑하고 아끼는 가족이 될 수 없는 걸까? 가족이란 무엇일까? 새로 가족이 된다면, 우린 어떤 노력을 기울여야 할까?

■ ■ ■ ■ ■ ■ ■ ■ ■
?！ 토론하기

가족이란 무엇일까?

1. 가족의 사전적 의미 알기

2. 꼭 피가 섞여야만 가족일까? 다른 형태의 가족은 없을까?

3. 새로 가족이 됐을 때, 어떤 노력을 기울여야 할까?

사씨남정기

어진 며느리와 교 씨

중국 명나라 시대에 북경 순천에 유현이라는 사람이 살았다. 유현은 여러 관직을 거쳐 벼슬이 이부 시랑에까지 올라, 온 나라에 명성이 자자했다. 그때 조정에서는 엄 승상(오늘날의 국무총리)이 권력을 휘두르고 있었다. 자기 욕심만 채우는 엄 승상과 뜻이 맞지 않던 유현은 벼슬에서 물러난 뒤 태자를 가르치는 스승 역할만 하고 있었다.

유현에게는 뒤늦게 얻은 아들 연수가 있었다. 하지만 불행하게도 연수가 걸음마를 배우기도 전에 부인 최 씨가 세상을 뜨고 말았다. 아내를 잃은 유현의 슬픔은 이루 다 말할 수 없었다. 다행히 유현에게는 마음이 너그럽고 어진 누이가 있었다. 누이는 두 씨 집안으로 시집갔다가 남편을 잃고 돌아와 유현의 집 근처에 살고 있었다. 두 부인으로 불리는 그녀는 유현의 아들 연수를 친자식처럼 길렀다.

유연수는 글재주가 뛰어날 뿐만 아니라, 인물이며 됨됨이 어느 하나 빠지는 것이 없었다. 열다섯 살에 과거에 급제하자 황제가 크게 기뻐하며 한림학사(임금의 명령을 받아 문서를 짓는 일을 맡아보던 벼슬)라는 벼슬을 내렸다. 하지만 유연수는 자신의 나이가 아직 어리니 더 공부한 뒤에 벼슬길에 오르겠다고 청하였다. 황제는 유연수의 뜻을 갸륵히 여겨 5년의 시간을 허락했다.

유연수가 과거에 급제하자 청혼하는 사람들이 끊이지 않았다. 유현은 두 부인과 함께 중매쟁이를 집으로 불렀다.

"부귀를 원하신다면 엄 승상의 손녀딸이 알맞고, 슬기롭고 어진 낭자를 원하신다면 신성현의 사 급사(임금의 시중을 들던 관리) 딸이 마땅하옵니다."

"내가 바라는 며느릿감은 어진 규수라네. 사 급사로 말하자면 살아 있을 때 누구보다 마음이 곧은 선비였지. 그 댁 소저(아가씨를 명나라 시대에 부르는 말)라면 믿을 만할 듯싶소."

"사 급사 댁 아가씨는 행실이 바르고 아름답습니다. 제 말씀을 못 믿으시겠다면 한번 알아보시는 것도 좋을 듯하옵니다."

중매쟁이가 돌아가자, 그때까지 생각에 잠겨 있던 두 부인이 입을 열었다.

"사람의 덕이란 글과 글씨를 보면 알 수 있다고 했지요. 마침 제게 우화암에 바치려던 관음 화상(관음보살의 얼굴을 그린 그림)이 있사옵니다. 묘혜 스님에게 부탁드려 사 소저에게 그 그림에 맞는 관음찬(관음보살의 공덕을 찬양하는 글)을 짓게 하면 어떻겠습니까? 그러면 묘혜 스님이 사 소저 얼굴도 볼 수 있으니 좋을 듯하옵니다."

"관음찬이 워낙 어려운 글인데, 사 소저가 잘 지을 수 있을지 모르겠구나."

"그런 글을 지을 수 없다면 어찌 글재주가 뛰어나다 하겠나이까?"

유현이 걱정하자 두 부인이 웃으며 대답하였다.

묘혜 스님은 두 부인의 부탁을 받고 사 급사 집을 찾아갔다. 사 급사 부인이 묘혜 스님을 반갑게 맞았다. 불심이 깊은 사 급사 부인은 예전부터 묘혜 스님을 잘 알고 있었다.

"어느 댁에서 귀한 관음 화상을 시주하셨는데, 그림만 있고 글이 없사옵니다. 따님께서 시를 지어 주신다면 우리 절의 큰 보배가 될 것이옵니다."

"우리 아이가 그리 어려운 글을 지을 수 있을지 모르겠습니다."

사 부인이 딸을 불러 묘혜 스님의 뜻을 전했다. 묘혜 스님이 사 소저의 모습을 보니 마치 관음보살이 내려온 듯 아름답고 자비로워 보였다.

"소녀의 부족한 재주로 어찌 관음찬을 지을 수 있겠사옵니까? 더구나 여자가 귀한 그림에 글을 짓는 일은 조심해야 할 일입니다. 죄송하오나 어렵겠사옵니다."

사 소저가 공손히 대답하였다.

"본디 관음보살은 여자의 몸입니다. 그러니 여자의 글을 받는 것이 더 좋을 듯합니다. 사 소저가 아니면 그 누가 이 글을 짓겠사옵니까?"

묘혜 스님이 간곡히 부탁하며 그림을 펼쳤다. 사 소저는 그림을 찬찬히 살폈다. 그런 나음 관음찬을 쓰기 시작하였다. 마침내 글을 다 쓴 사 소저는 글 끝에 사 씨 정옥이 썼다고 덧붙였다. 묘혜 스님은 감탄하며 사 부인과 소저에게 감사를 전한 뒤 유현의 집으로 돌아갔다.

묘혜 스님은 사 소저를 만난 일을 자세히 들려주었다. 유현과 두 부인이 매우 기뻐하며 사 소저의 글과 글씨를 바라보았다. 글과 글씨 안에서 온화하고 유순한 성품이 느껴져, 유현은 중매쟁이를 불러 사 급사 댁과의 혼인을 부탁하였다. 사실 사 소저는 못된 신하들의 모함 으로 세상을 떠난 사후영의 딸이었다.

중매쟁이는 사 급사 댁을 찾아가 유현의 가문을 소개했다. 대대로 부귀한 집안에 신랑감 유연수는 한림학사로 재주가 뛰어나다는 칭찬 이었다. 사 부인 또한 유연수에 대한 소문을 들었기에 기뻐하며 딸의 속마음을 떠보았다.

"예로부터 군자는 덕을 귀하게 여긴다고 들었사옵니다. 소녀는 재 산이 많고 지위가 높은 것을 자랑하는 집안으로는 출가하지 않겠사 옵니다."

청혼을 거절당하자 유현은 중매쟁이가 말실수를 했다는 것을 알아 챘다. 유현은 다시 신성현 현감을 찾아가 부탁하였다.

"현감께서 사 급사 댁을 찾아가셔서 돌아가신 사 급사의 곧은 성품 과 맑은 덕을 공경하여 청혼한다고 전해 주시오. 그러면 반드시 허락 할 것이오."

현감은 유현이 시킨 대로 하였다. 이번에는 사 부인이 흔쾌히 혼인 을 허락하였다. 혼례를 올린 뒤, 사 씨는 마음을 다하여 시아버님을 받들고, 정성껏 남편을 섬겼다.

하루는 유현이 며느리 사 씨에게 거울과 옥가락지 한 쌍을 주며 부탁했다.

"이것은 우리 집안 대대로 내려오는 보물이니라. 너의 마음씨가 거울 같고 너의 행동이 옥처럼 어여쁘니, 부디 그 마음 변치 말거라."

사 씨 부인은 공손하게 절을 하고 귀한 보물을 받았다.

그날부터 사 씨는 더욱 성심껏 집안일을 살폈다. 정성을 다하여 조상들의 제사를 받들고, 아랫사람을 따뜻한 마음으로 대했다. 사 씨 부인의 덕으로 집안은 더없이 평화로웠다. 그러나 몇 년 뒤, 유현이 세상을 뜨고 말았다.

아버지의 삼년상을 치른 유연수는 더욱 열심히 나랏일을 살폈다. 이를 알고 황제가 유 한림의 벼슬을 높여 주려 했지만 번번이 엄 승상이 반대하였다.

세월이 흘러 어느덧 한림 부부가 혼인한 지 십 년이 지났다. 하지만 유 한림 부부에게는 자식이 없었다. 걱정하던 사 씨는 유 한림에게 첩(정식 아내 외에 데리고 사는 여자)을 들여 자식 보기를 권했다. 유 한림이 사양하였으나 사 씨는 중매쟁이에게 적당한 사람을 찾아보게 하였다. 이를 알게 된 두 부인이 크게 놀라 말렸다.

"집안에 첩을 두는 것은 스스로 화를 부르는 일이라 했는데, 어찌 이러는가?"

"제가 유 씨 집안에 들어온 지 십 년이 지났사옵니다. 그런데 아직 대를 이을 자식을 낳지 못했으니 옛 법에 의하면 이미 버림받았을 것이옵니다. 그러니 첩을 두어 자식을 두는 것은 흉이 아니옵니다."

며칠 뒤, 중매쟁이가 사 씨를 찾아왔다.

"하간이라는 지방 사람으로 성은 교요, 이름은 채란이라는 처녀가 있사옵니다. 본래 양반 집안의 딸이었으나 일찍 부모를 잃고 친척집에 얹혀살고 있다 하옵니다. 나이는 열여섯 살로, 가난한 선비보다는 부잣집 첩이 되고 싶다고 말했다고 합니다. 다만, 미모가 뛰어나고 꾀가 많다고 하니 부인의 마음에는 썩 들지 않을 듯하옵니다."

"그렇다 하더라도 양반 집 딸이라니 무지한 사람과는 다를 것이네."

사 씨의 뜻에 따라 유 한림은 교 씨를 첩으로 맞이하였다. 모두 교 씨의 아름다움을 칭찬했지만 두 부인만은 기뻐하지 않았다. 교 씨의 빼어난 미모가 유 씨 가문에 해를 입힐 것만 같았다.

그 뒤 유 한림은 교 씨가 지내는 별채에 백자당(백 명의 자식이 있는 집)이라는 이름을 지어 주고, 여종 납매에게 교 씨를 시중들게 하였다. 교 씨는 똑똑하고 말을 잘해 한림의 비위를 잘 맞추었다. 그리고 사 씨에게도 정성을 다했다.

반년도 되지 않아 교 씨가 임신을 하게 되었다.

유 한림과 사 씨는 크게 기뻐하며 교 씨를 극진히 챙겼다. 하지만 교 씨는 아들을 낳지 못할까 봐 불안했다. 그러자 여종 납매가 십랑을 데리고 왔다. 십랑은 세상에 모르는 것이 없다고 소문난 여자였다. 십랑이 교 씨의 맥을 짚더니 고개를 가로저었다.

"마님, 딸이옵니다."

"내가 이 집에 첩으로 온 것은 대를 이을 아들을 낳기 위함인데, 이를 어찌하면 좋단 말인가……."

교 씨가 크게 실망하자 십랑이 목소리를 낮추었다.

"일찍이 제가 도인에게 배 속의 딸을 아들로 바꾸는 술법을 배웠사옵니다. 부인께서 꼭 아들을 낳고 싶다면 제 술법을 시험해 보시지요."

"그게 정말이냐? 아들만 낳는다면 너에게 큰 상을 주겠노라."

십랑은 아들 낳는 부적을 여러 장 써서 교 씨의 이부자리 밑에 숨겨 놓았다.

열 달이 지난 뒤, 교 씨는 정말 아들을 낳았다. 한림과 사 씨는 말할 수 없이 기뻤다. 얼굴이 희고 이마가 반듯한 귀한 아기였다. 한림은 아이 이름을 장주라 짓고 보물 다루듯 했다. 사 씨 또한 장주를 정성스레 돌보았다. 누가 아이 엄마인지 알 수 없을 정도였다.

교 씨의 간사한 꾀

그러던 어느 봄날, 사 씨가 책을 읽고 있는데 사 씨의 몸종 춘방이 들어왔다.

"마님, 화원에 모란꽃이 활짝 피었사옵니다. 대감께서도 안 계시니 나가셔서 꽃구경이나 하시지요."

사 씨는 춘방과 함께 화원으로 갔다. 온갖 꽃향기가 정자에 가득했다. 그때 어디선가 거문고 소리가 들렸다. 듣는 사람의 마음을 흔드는 구슬픈 가락이었다.

"누가 거문고를 타는지 아느냐?"

"교 씨 부인 방에서 나는 듯합니다."

"저런 가락은 여자가 즐기는 게 아니거늘, 어서 소리 나는 곳을 알아보아라."

춘방이 백자당 문틈으로 안을 들여다보니, 교 씨가 술상 앞에 앉아 거문고를 타며 노래를 부르고 있었다. 십랑이 거문고와 노래로 남자의 마음을 사로잡을 수 있다고 한 뒤부터 교 씨의 솜씨는 눈에 띄게 늘었다.

춘방이 사 씨에게 본 대로 말하자 놀란 사 씨가 교 씨를 불렀다.

"여자가 음악을 가까이 하면 그 집안이 어찌 되겠는가? 다음부터는 이런 일이 없도록 하게. 내가 이리 말한다고 서운하게 듣지는 말게나."

"제가 배운 것이 적어 미처 깨닫지 못했사옵니다. 앞으로 조심하겠
나이다."

교 씨는 몹시 언짢았지만 뉘우치는 척했다. 그 뒤로 교 씨는 유 한
림에게 은근히 사 씨 흉을 보았다. 그러나 유 한림은 사 씨를 의심하
지 않았다.

얼마 뒤, 놀랍게도 사 씨에게 태기가 있었다. 온 집안 사람들이 기
뻐했으나 교 씨는 안절부절못하였다. 사 씨가 아들이라도 낳으면 장
주는 찬밥 신세가 될 게 뻔했다. 교 씨는 여종인 납매와 짜고 사 씨
의 배 속 아기를 없애려고 사 씨 음식에 몰래 약을 넣었다. 하지만 하
늘이 도우시는지 사 씨는 떡두꺼비 같은 아들을 낳았다. 한림이 매우
기뻐하며 아이 이름을 인아라 지었다. 인아는 하루가 다르게 쑥쑥 자
랐다.

하루는 유 한림이 두 아이가 노는 것을 보고 먼저 인아를 번쩍 안
았다.

"인아야, 너의 얼굴이 돌아가신 아버님을 그대로 닮았구나. 반드시
네가 우리 가문을 빛나게 할 것이다."

이것을 본 장주의 유모가 교 씨에게 일러바쳤다. 그러자 교 씨는
더욱 애가 타시 십랑을 불러들였다. 두 사람은 시 씨를 해칠 음모를
꾸몄다. 십랑은 사람 모양의 목각 인형을 여기저기 묻었다. 이것을

아는 사람은 교 씨와 십랑 그리고 납매뿐이었다.

어느 날 유 한림의 친구가 편지를 보냈다. 동청이라는 이를 소개하는 내용이었다. 마침 유 한림이 문서를 정리하고 베껴 쓸 서사를 구하고 있던 터라 곧바로 동청을 불러들였다. 동청은 매우 영리하고 민첩해 유 한림의 기분을 잘 맞췄다. 그러나 동청은 겉과 속이 다른 사람이었다. 사 씨가 동청의 소문을 듣고 유 한림에게 귀띔했지만, 한림은 대수롭지 않게 생각했다. 오히려 동청과 가까이 지내며 모든 집안일을 맡겼다.

그러던 가운데 장주가 병이 났다. 좋다는 약은 모두 먹였지만 장주의 병은 깊어만 갔다. 교 씨는 일부러 슬피 울었다.

"아이고, 우리 아가, 누가 너를 해치려고 한단 말이냐!"

결국 교 씨 또한 아무것도 먹지 못해 몸져눕고 말았다. 며칠 뒤, 납매가 부엌을 치우다 이상한 봉지를 발견했다면서 들고 왔다. 그 속에 든 목각 인형과 부적을 본 한림의 얼굴이 흙빛이 되었다.

"이건 분명히 우리 모자를 해치려고 하는 짓이옵니다."

교 씨가 서럽게 울었다. 한림은 직접 요상한 물건들을 불태워 없앴다. 그러고는 납매에게 이 일을 아무에게도 말하지 말라고 일렀다. 한림은 정신을 차릴 수 없었다. 목각 인형에 씌어 있던 저주의 글씨가 사 씨의 글씨체가 분명했다. 교 씨가 동청을 시켜 일을 꾸몄다는 것을 한림이 알 리 없었다. 그런 줄도 모르고 한림은 누군가 사 씨의 글씨를 알아볼까 봐 재빨리 인형을 불태웠던 것이다.

'사 씨가 자기 자식을 낳더니 독한 마음을 먹은 게 분명하구나. 겉으로는 어진 체하면서 이런 짓을 하다니!'

한림은 사 씨를 의심하기 시작했다.

그 무렵 사 씨 친정에서 연락이 왔다. 사 씨 어머니가 위독하여 딸을 보고 싶다는 것이었다. 사 씨는 어머니 생각에 마음이 찢어지는 듯했다.

"어머니의 병환이 깊어 지금 뵙지 못하면 평생 한이 될 것이옵니다. 상공께서 허락하시면 어머니를 뵙고 오겠나이다."

"어서 서둘러 떠나시오. 나도 곧 장모님을 뵈러 가리다."

집안일을 교 씨에게 부탁한 사 씨는 인아를 데리고 친정으로 갔다. 오랜만에 어머니를 만난 사 씨에게 이보다 큰 기쁨은 없었다. 그날부터 사 씨는 어머니를 정성껏 간호했다. 워낙 어머니의 병이 심해 사 씨는 몇 달을 친정에 머물렀다. 유 한림도 틈틈이 처가를 찾아왔다.

이즈음, 산동과 산서 그리고 하남 지방에 흉년이 들어 백성들이 사방으로 떠돌아다니게 되었다. 황제가 이를 걱정하여 명망 있는 신하세 사람을 뽑아 백성의 형편을 살피라고 분부했다. 유 한림도 뽑혀서 급히 산동 지방으로 가게 되었다.

한림마저 집을 비우자 교 씨는 동청과 부부처럼 지냈다.

"사 씨도 집에 없고 상공도 멀리 떠났으니 지금이 사 씨를 없앨 좋은 기회인 듯한데, 좋은 방법이 없겠소?"

교 씨의 말에 동청이 아주 좋은 꾀가 있다며 한참을 소곤거렸다. 교 씨가 무릎을 치며 웃었다.

"실로 놀라운 계략이오. 하지만 누가 그 일을 할 수 있겠소?"

"내게 냉진이라는 친구가 있소. 꾀가 많고 말을 잘하니 반드시 해 낼 것이오. 다만 사 씨가 아끼는 물건을 하나 구해 와야 하오."

"그건 걱정하지 마시오. 사 씨의 몸종 설매가 바로 납매의 동생이라오."

교 씨가 웃으며 말했다. 납매는 조용히 설매를 불러내 교 씨가 준 많은 보물로 꾀었다. 보물에 마음이 쏠린 설매가 사 씨의 옥가락지를 훔쳐 교 씨에게 가져갔다. 교 씨는 크게 기뻐하며 설매에게 더 많은 보물을 주었다.

그때 사 씨 친정에서 사 씨 어머니가 세상을 떠났다는 소식을 전해 왔다. 교 씨는 겉으로만 슬퍼하며 납매를 보내 사 씨를 위로하였다. 그사이 동청이 꾸민 일은 순조롭게 진행되었다.

그때 한림은 산동 지방을 두루 살피고 있었다. 하루는 주막에서 밥을 먹으려고 하는데, 잘생긴 청년이 한림에게 인사했다.

"저는 남쪽에서 온 냉진이라 합니다. 감히 선생의 함자를 여쭈어도 되겠는지요?"

한림은 백성들의 형편을 살피는 중이라 다른 이름을 둘러댔다. 냉진에게 백성들의 살림살이가 어떠한지 물으니 막힘없이 대답했다. 유 한림은 감탄하여 냉진과 이런저런 이야기를 나누었다. 밤이 되자 한림은 냉진과 한방에 묵었다. 새벽녘에 한림이 잠에서 깨어 우연히 냉진의 속옷 고름에 매달린 옥가락지를 보았다. 아무리 봐도 낯익은 가락지였다.

"내가 예전에 옥을 구별하는 법을 배운 적이 있소. 자네의 옥가락지가 보통 옥이 아닌 듯한데, 구경 좀 시켜 주시오."

머뭇거리던 냉진이 조심스레 가락지를 풀어 주었다. 옥의 빛깔이며 무늬까지 사 씨의 옥가락지와 똑같았다.

"참 좋은 보배인 것 같구려. 대체 이것을 어디서 구했소?"

"제가 신성현에 머물 때 사랑하는 사람이 준 것이옵니다."

냉진이 슬픈 표정을 짓더니 한숨을 내쉬었다.

"그렇게 정든 여인이라면 함께 지내지 왜 혼자 다니는 거요?"

"그분은 이미 혼인한 몸입니다. 그러니 우리의 인연은 다한 것이지요."

냉진이 또다시 깊게 한숨을 쉬었다. 한림의 의심은 더욱 깊어만 갔다.

위험에 빠진 사 씨

마침내 한림은 나랏일을 마치고 집으로 돌아왔다. 한림은 뒤늦게 장모의 죽음을 알고 슬퍼하였다. 그러다 문득 한림은 냉진이 가지고 있던 옥가락지가 떠올랐다.

"부인, 아버님께서 물려주신 옥가락지 좀 보여 주시오. 궁금한 것이 있어서 그러오."

사 씨가 패물함을 가지고 왔다. 하지만 옥가락지는 보이지 않았다. 한림의 얼굴빛이 변한 것을 보고 사 씨가 물었다.

"혹시 상공께서 옥가락지를 보셨는지요?"

"아니, 부인이 다른 사람에게 주고 내게 묻는 것이요?"

한림이 벌컥 화를 냈다. 사 씨는 억울했지만 부끄러워 아무 말도 할 수 없었다.

이때 하인이 두 부인이 왔다고 알렸다.

"안 그래도 집안에 큰일이 생겨 고모님께 여쭈려던 참입니다."

"무슨 일이냐?"

한림은 냉진이라는 사내와 그가 지니고 있던 옥가락지에 대해 말했다. 옆에서 한림의 말을 듣고 있던 사 씨는 넋이 나간 듯 있다가 눈물을 흘리며 말했다.

"모두 제 잘못이옵니다. 상공께서 저를 의심하는 것은 평소 저의 행실이 바르지 못해 생긴 일이옵니다. 그러니 저를 죽이시든 살리시든 상공 뜻대로 하소서."

그 말을 들은 두 부인이 한림을 꾸짖었다.

"돌아가신 너의 아버지는 늘 사 씨를 칭찬하셨다. 그것은 사 씨의 선함과 덕을 아셨기 때문이다. 누군가 도둑질한 것이 분명하거늘 그 것을 밝힐 생각은 하지 않고 어찌 아내를 의심하느냐?"

마당에 형장(죄인을 심문할 때 쓰는 도구)이 차려졌다. 한림은 집 안의 모든 하인들을 불러 잘못이 없는지 따져 물었다. 아무리 심한 매를 맞아도 죄가 없는 하인들은 모르는 일이니 말을 못하고, 죄를 지은 설매는 바른대로 말했다가는 죽을 것이 분명하니 모른 척할 수 밖에 없었다. 그러니 범인을 찾아낼 방법이 없었다.

누명을 벗지 못한 사 씨는 죄인처럼 지내며 한림의 처벌만 기다렸다. 두 부인은 교 씨의 간사한 꾀라고 생각했지만 물증이 없으니 답답할 뿐이었다. 그렇게 여러 날이 지났을 때, 두 부인이 장사 지방으로 벼슬길을 떠나는 아들을 따라가게 되었다. 두 부인이 떠나자, 교 씨는 십 년 묵은 체증이 가신 듯 속이 시원했다.

얼마 뒤, 교 씨가 또 아이를 갖게 되었다. 그리고 아들을 낳자, 유 한림은 매우 기뻐하였다. 한림은 아이 이름을 봉추라 짓고 애지중지 했다. 그러자 교씨는 동청을 불러 시 씨를 쫓아낼 꾀가 없는지 넌지시 물었다. 동청이 좋은 꾀가 있다고 하면서도 쉽게 말하지 못했다.

교 씨가 캐묻자 동청이 못 이기는 척 입을 열었다.

"그건 바로…… 장주를 희생하는 일이요. 그래야 사 씨를 쉽게 쫓아낼 수 있소."

교 씨는 펄쩍 뛰며 동청의 등을 쳤다.

"짐승도 제 새끼는 사랑하거늘, 사람이 어찌 그런 짓을 한단 말이오?"

교 씨가 동청의 말을 듣지 않자 동청은 직접 납매에게 못된 일을 시켰다. 이날부터 납매는 기회만 노렸다. 하루는 유모가 어디로 갔는지 장주 혼자 백자당 마루에서 자고 있었다. 마침 사 씨의 몸종인 춘방과 설매가 마루 옆을 지나갔다. 두 사람이 멀리 가자 납매는 단숨에 장주의 목을 졸랐다. 그러고는 동생 설매를 불러 을렀다.

"네가 옥가락지를 훔쳐 낸 일이 밝혀지면 살아남지 못할 게다. 하지만 내 말을 잘 들으면 오히려 큰 상을 받을 것이다."

겁에 질린 설매는 고개만 끄덕였다. 그때 장주의 유모가 비명을 지르며 통곡했다. 한림은 당장 하인들을 불러 엄하게 심문하며 캐물었다. 설매 차례가 되자, 설매는 납매가 시키는 대로 말했다.

"사실은 사 부인께서 장주 도련님을 없애면 큰 상을 내리겠다고 하셔서…… 하지만 쇤네는 손이 떨려 차마 하지 못하였고 저 춘방이 나서서 도련님을 죽였사옵니다."

그러나 춘방은 끝까지 모르는 일이라고 버티다 숨을 거두었다.

유 한림은 노발대발하며 사 씨를 내쫓았다.

사 씨는 유모가 안고 나온 인아를 보며 눈물을 흘렸다. 사 씨의 눈물이 인아의 이마로 떨어졌다. 사 씨는 친정으로 가는 대신 시아버지 유현의 산소로 갔다. 그러고는 근처의 빈 초가집에 살면서 날마다 유현에게 문안 인사를 드렸다.

교 씨는 사 씨가 시아버지 산소 아랫동네에 머문다는 것이 마음에 걸려 동청을 불렀다. 이번에도 동청이 좋은 꾀를 냈다. 교 씨는 두 부인의 글씨체를 구해 동청에게 주었다. 동청은 즉시 두 부인의 글씨를 흉내 내어 편지를 썼다. 산속에서 혼자 지내지 말고 자신과 함께 살자는 내용이었다.

사 씨가 슬픔을 잊으려고 바느질을 하고 있는데, 냉진이 두 부인의 소식을 전했다.

"두 부인의 아드님이 황제의 부름을 받고 다시 조정으로 오셨소. 두 부인께서 사 씨 부인의 사연을 듣고 저를 보내 인사를 드리라 하셨지요. 여기 편지도 있소."

사 씨는 고민 끝에 곧 찾아뵙겠다는 답장을 썼다. 그런데 그날 밤, 사 씨의 꿈에 시아버지 유현이 나타났다.

"가엾은 우리 며느리, 어리석은 내 아들이 거짓에 속아 네가 고생을 하는구나. 두 부인의 편지는 가짜이니 속지 말거라. 자세히 보면 너도 그것이 가짜라는 걸 알 것이다. 그리고 앞으로 칠 년 동안 나쁜

일이 생길 것이니, 남쪽으로 몸을 피하여라. 당부할 것이 또 있느니라. 육 년 뒤 사월 보름날 밤에 백빈주 하류에 배를 대고 있다가 어려움을 겪는 사람을 구해 주어라. 꼭 명심하여라.”

꿈을 깬 사 씨는 놀라 두 부인의 편지를 다시 읽고 거짓임을 알아챘다. 몸종과 하인을 데리고 떠나기 전, 사 씨는 시아버지 무덤에 가서 슬피 울며 하직 인사를 드렸다.

사 씨는 남쪽으로 가는 장삿배를 타고 장사현을 향해 갔다. 멀고도 험한 뱃길이었다. 바람이 심하게 불자 작은 포구에서 잠시 쉬어 가기로 했다. 뱃멀미가 심했던 사 씨는 우연히 포구에서 가까운 임 낭자 집에 머물며 기력을 회복했다.

며칠 뒤 떠날 때, 사 씨 부인은 임 낭자에게 가락지를 주며 고마움을 전했다. 사 씨는 동정호를 따라 악양루에 이르렀다.

끝없이 흐르는 물을 보던 사 씨는 자신의 처지가 몹시 처량해 눈물이 났다. 사 씨는 나무껍질에 ‘모년 모월 모일 사 씨 정옥, 시댁에서 쫓겨나 이 강물에 뛰어들다’라고 쓰고는 물에 빠져 죽으려 했다. 그때 몸종이 달려와 사 씨를 말렸다.

그날 밤, 사 씨는 꿈속에서 한 소녀를 만났다. 꿈속에 나타난 소녀가 사 씨에게 공손하게 말했다.

“낭랑(왕비나 귀족의 아내를 높여 부르는 말)께서 부인을 부르시옵니다.”

소녀는 사 씨를 대숲 너머에 있는 대궐로 데리고 갔다. 그곳에 두 명의 부인이 황금 의자에 앉아 있었다. 부인들은 순임금의 왕비인 아황과 여영이라고 했다. 그러고는 사 씨에게 하늘이 돕고 있으니 참고 기다리라고, 그러면 좋은 일이 있을 거라고 위로했다.

잠에서 깨어난 사 씨는 꿈속에서 간 길을 찾아갔다. 물가의 대나무 밭을 지나가자 '황릉묘'라는 사당이 나왔다. 바로 아황과 여영 두 왕비를 모시는 곳이었다. 사 씨는 두 영정에 절을 하고 나오다가 한 여승을 만나게 되었다. 그런데, 그 여승은 사 씨의 처지를 이미 알고 있었다.

"꿈에 관음보살님이 나타나 황릉묘로 가서 그대를 구하라고 하셨지요."

여승은 사 씨 부인을 자신이 머무는 수월암으로 데려갔다. 이튿날 법당에 들어가 절을 하던 사 씨는 깜짝 놀랐다. 불상 뒤편에 사 씨가 글을 지어 준 관음화상이 있었던 것이다.

"그렇다면 부인이 사 급사 댁 소저가 아니십니까? 어쩐지 낯설지 않아 이상하다 싶었사옵니다. 제가 바로 그때 부인께 글을 받아 간 묘혜입니다."

게다가 뱃멀미로 고생하던 사 씨를 돌봐 준 임 낭자는 바로 묘혜 스님의 조카였다. 그래서 사 씨는 묘혜 스님과 수월암에 머물며 시간을 보냈다.

마지막 시련

한편 교 씨는 동청과 더 가까이 지내면서 또 다른 음모를 꾸몄다. 아예 유 한림마저 없앨 계획을 세운 것이다. 동청은 유 한림을 눈엣가시처럼 여기는 엄 승상을 찾아갔다. 그리고 유 한림이 예전에 엄 승상과 황제에 대해 안 좋게 쓴 글을 전했다.

"이런, 괘씸한 놈 같으니라고!"

엄 승상은 당장 황제에게 아뢰었고, 황제는 유 한림을 멀리 귀양 보내라 명했다. 이제 동청은 엄 승상의 비위를 맞추며 지냈다. 마침내 현령 자리를 얻어 낸 동청은 진류현으로 떠났다.

교 씨는 사촌 오빠가 병이 깊어 다녀온다는 핑계를 대고 동청을 따라나섰다. 인아와 봉추 그리고 납매와 설매, 하인 몇 명을 데리고 떠났다. 그러나 아무리 생각해도 인아를 데리고 가면 앙갚음을 당할 것 같았다. 궁리 끝에 설매에게 인아를 강물에 빠뜨리라고 시켰다.

"사 씨 부인을 모함하고 인아까지 없애면 나는 천벌을 받을 게 분명해."

설매는 인아를 갈대숲에 고이 뉘어 놓고, 교 씨에게는 없애 버렸다고 둘러댔다.

현령이 된 동청은 세금을 올리고 백성들의 돈을 빼앗아 큰 재물을 모았다. 그렇게 챙긴 재산을 엄 승상에게 뇌물로 바치고 계림 태수가 되었다. 그 무렵 황제는 태자 책봉을 기념하여 죄수들을 풀어 주었다. 그 덕에 유연수도 귀양살이에서 풀려났다. 고향으로 돌아가던 유연수는 웬 높은 관리가 흰말을 타고 지나가는 것을 보았다. 그런데 가만히 살펴보니 바로 동청이었다. 뒤이어 온갖 비단으로 장식한 가마 행렬이 지나갔다.

'저놈이 어찌 저리 높은 벼슬에 올랐단 말인가?'

요란한 행렬이 지나가자 연수는 근처 주막으로 들어갔다. 때마침 주막에서 나오던 한 여자와 맞닥뜨렸다. 여자가 깜짝 놀라 연수에게 머리를 숙였다. 바로 사 씨의 시녀 설매였다. 설매는 울면서 그동안 있었던 일을 모두 말했다. 그러곤 방금 지나간 가마에 탄 사람이 교 씨라는 것도 일러 주었다. 그리고 나서 설매는 급하게 자리를 떴다.

'아…… 내가 어리석어 죄 없는 아내를 잃었구나!'

모든 것이 교 씨의 계략이었다는 것을 알게 된 유연수는 정신이 아찔했다.

한편 교 씨는 설매가 늦게 온 까닭을 물었다. 의심 많은 교 씨는 설매가 유연수를 만났다는 걸 알아냈다. 동청은 즉시 힘센 부하 여럿을 뽑아 유연수의 목을 베어 오라고 명령했다. 유연수를 만난 사실이 들통나자 설매는 두려운 나머지 스스로 목을 맸다.

유연수는 지난날을 떠올리며 가슴을 쳤다. 넋이 나간 채 강을 건너려는데, 나무껍질이 얼핏 눈에 띄었다. 자세히 보니 '모년 모월 모일 사 씨 정옥, 시댁에서 쫓겨나 이 강물에 뛰어들다'라는 글이 씌어 있었다. 사 씨가 물에 빠져 죽었다고 생각한 유연수는 슬피 울었다. 그때 어디선가 함성이 들렸다. 장정들이 유연수를 잡으려고 칼을 들고 쫓아오고 있었다. 연수는 허둥지둥 물속으로 뛰어들었다.

그동안 수월암에서 지내고 있던 사 씨는 이제 때가 되었음을 알았다. 예전에 시아버지가 꿈에 나타나 백빈주에서 배를 대고 있다가 급한 사람을 구해 주라던 날이 바로 오늘이었던 것이다. 어둠이 내리기 시작할 무렵, 사 씨는 묘혜 스님과 함께 배를 타고 백빈주로 갔다. 밝은 달이 고요한 강물을 비추자 절로 노래가 나왔다.

물에 빠진 연수는 노랫소리를 듣고 다급하게 소리쳤다.

"사람 좀 살려 주시오!"

묘혜 스님이 배를 강가에 대고 물에 빠진 사람을 끌어 올렸다. 그러고는 빠르게 노를 저어 그곳을 벗어났다. 연수를 놓친 장정들은 더 이상 쫓아오지 못하고 발을 동동 구르며 씩씩댔다.

"구해 주셔서 감사하오!"

연수는 노를 젓는 사람에게 인사를 했다. 가만히 보니 머리를 깎은 여승이었다. 스님 옆에는 흰옷을 입은 여인이 있었다.

"나는 유연수라는 사람인데, 죄 없이 쫓기고 있소."

"기다리고 있었사옵니다."

미리 알고 있었다는 말에 유연수는 소스라치게 놀랐다. 그때, 흰옷을 입은 여인이 흐느껴 울기 시작했다. 달빛에 드러난 얼굴을 자세히 보니 놀랍게도 사 씨 부인이었다.

"아니, 부인! 이게 꿈이오, 생시요?"

연수와 사 씨는 서로 붙들고 한참을 울었다. 눈물이 잦아들자 연수는 설매에게 들은 이야기를 하나도 빼지 않고 전했다. 사 씨는 아들 인아가 숲에 버려졌다는 이야기를 듣고는 통곡하다 쓰러지고 말았다.

유연수를 놓친 동청과 교 씨는 불안해하며 마음을 졸였다. 연수가 어디로 갔는지 흔적조차 찾을 수 없었다. 이 무렵, 엄 승상은 그동안 쌓인 비리가 탄로나 옥에 갇히고 말았다. 이를 알게 된 동청의 부하 냉진은 그동안 동청이 자신을 섭섭하게 대하자 큰일을 꾸몄다. 대궐 앞에 있는 신문고를 울려 동청의 악행을 낱낱이 일러바친 것이다. 결국 동청은 목숨을 잃고, 교 씨는 아들 봉추마저 죽자 술을 파는 기생이 되었다.

황제는 엄 승상 때문에 벼슬을 내놓았던 관리들을 다시 조정으로 불렀다. 유연수에게는 이부 시랑이라는 벼슬을 내렸다.

억울함을 벗은 사 씨 부인은 다시 유 씨 가문의 며느리가 되었다. 하지만 사 씨 부인은 늘 인아 생각뿐이었다. 여기저기 수소문했지만 알 길이 없어 그 슬픔은 나날이 깊어 갔다.

하루는 사 씨 부인이 남편 유 시랑에게 넌지시 말했다. 가문의 대를 잇기 위해서 다시 첩을 들이자고 하자, 유 시랑은 단번에 거절했다.

"하지만 인아의 생사조차 알지 못하는데, 앞으로 자식이 없으면 어찌 조상을 뵙겠습니까?"

사 씨 부인은 남쪽에서 만난 임 낭자가 무척 어질다며 첩으로 삼기를 권했다. 임 낭자가 묘혜 스님의 조카라는 말을 들은 임 시랑은 사 씨 부인의 뜻을 받아들였다.

그사이 사 씨 부인은 유 시랑에게 부탁해 황릉묘를 보수하고, 묘혜 스님과 임 낭자에게도 재물을 보냈다. 묘혜 스님은 그 재물로 탑을 세운 뒤 '부인탑'이라고 불렀다.

한편 숲속에 버려진 인아는 떠돌이 장사꾼 눈에 띄었다. 그 장사꾼은 인아를 남의 집 울타리 아래 두고 떠났다. 그런데, 그 집은 바로 묘혜 스님의 조카딸 임 낭자가 사는 곳이었다. 임 낭자는 아이를 보살폈다.

얼마 뒤 임 낭자는 사 씨 부인에게서 편지를 받았다. 유 시랑의 둘째 부인이 되어 달라는 간곡한 내용이었다. 임 낭자도 사 씨 부인의 인품을 알기에 기뻐하며 허락했다.

마침내 사 씨 부인은 좋은 날을 잡아 유 시랑과 임 낭자의 혼례를 치렀다. 임 낭자는 기르고 있던 아이를 데려와 별채에 머물게 했다. 그러던 어느 날, 임 낭자가 데려온 아이를 본 유모는 깜짝 놀랐다. 다름 아닌 인아였던 것이다. 그 소식을 들은 사 씨 부인이 크게 놀라 달려왔다. 사 씨 부인은 인아를 안고 목 놓아 울었다.

"너를 이렇게 다시 만나다니!"

유 시랑도 놀라고 기뻐 인아를 안고 울다 웃다 하였다. 사 씨 부인과 유 시랑은 임 씨를 크게 칭찬하였다. 그 뒤 집안사람들은 임 씨를 더욱 소중히 대접했다.

집안이 편안해지자 유 시랑은 나랏일에 더욱 힘써 예부 상서에까지 올랐다. 유 상서는 황제를 뵙고 오는 길에 기생이 된 교 씨 소식을 듣고 데려오라 일렀다. 예부 상서가 된 어떤 대감이 첩으로 삼으려 한다는 얘기를 전해 들은 교 씨는 좋아하며 따라나섰다. 가마에 앉아 밖을 내다보던 교 씨 눈이 휘둥그레졌다. 가마가 유 한림의 집으로 들어가고 있었던 것이다. 그러자 옆에 있던 시녀가 둘러댔다.

"유 한림이 귀양 간 뒤 우리 대감께서 이 집을 사셨지요."

아무것도 모르는 교 씨가 가마에서 내렸다. 그런데 주위를 둘러보니 모두 유 씨 집안사람들이었다. 교 씨는 기절할 듯 놀라 살려 달라고 빌었다.

"그리 큰 죄를 짓고도 살기를 바라다니!"

유 상서는 교 씨에게 큰 벌을 내렸다. 결국 교 씨는 까마귀의 밥이 되고 말았다.

그 뒤 황제는 유연수를 승상으로 임명했고, 황후는 사 씨를 자주 불러 가깝게 지냈다. 임 씨 또한 유 씨 가문에 들어와 아들 셋을 낳아 바르게 길렀다. 유연수와 사 씨는 여든 살이 넘도록 편안하게 살다가 세상을 떠났다. 임 씨도 오래오래 복되게 살다가 편안히 눈을 감았다. 사 씨는 〈내훈〉과 〈열녀전〉을 지어 부녀자들이 본받아야 할 올바른 도리를 세상에 전하였다.

사씨남정기
부록

원전을 기본으로 하나 어려운 한자나 이해하기 힘든 부분은 풀어서 썼습니다. 또한 미루어 짐작할 수 있는 상황은 대화나 인물의 심리 상태를 추가해 고전에 쉽게 접근하도록 했습니다.

들어가기

장면1.

남학생 : (씩씩거리며 다가온다) 야! 너 왜 내 얘기를 썼어?

여학생 : 무슨 말이야?

남학생 : (학교 신문을 내민다) 학교 신문에 네가 쓴 글! 내가 네 간식 뺏어 먹은 이야기잖아!

여학생 : (알겠다는 표정으로 팔짱을 낀다) 잘 봐 봐. 난 개똥이라고 썼지 네 이름은 안 썼잖아?

남학생 : (씩씩대지만 아무 말도 못한다)

장면2.

선생님 : 너희를 보니까 소설을 통해 숙종의 마음을 돌리려 했던 조선 시대 작가 김만중이 생각나는구나.

여학생 : 선생님! 〈사씨남정기〉를 말씀하시는 거죠?

선생님 : 그렇단다. 〈사씨남정기〉는 조선 시대 문신 김만중이 쓴

한글 소설이란다. 희빈 장 씨 때문에 인현왕후를 내쫓았던 숙종의 잘못을 유연수의 두 아내인 사 씨와 교 씨의 갈등에 빗대어 썼지. 숙종이 소문을 듣고 궁녀에게 작품을 낭송하게 했는데 이야기를 듣고 난 후 인현왕후를 복위시켰다는 일화가 전해진단다.

남학생 : (생각에 빠진 표정)

선생님 : 어때? 신문을 보니까 네가 한 일에 대해 다시 생각해 볼 수 있었니?

남학생 : 네……. (여학생에게 손을 내밀며) 미안해. 그 글을 보니까 네 마음을 알겠더라. 사과할게.

여학생 : 음…… 그래! (남학생의 손을 잡으며) 네가 진심으로 사과하니까 받아 줄게!

장면3.

남학생 : 내가 사과의 의미로 사씨남정기 오행시를 지어서 설명해 줄게!

사 : 〈사씨남정기〉는 가정에서 일어난 일을 다룬 가정 소설인 동시에 넌지시 말하며 잘못을 깨우쳐 주려는 목적을 가진 풍간 소설이에요. 작가 김만중은 유연수의 두 번째 부인인 교 씨의 마음에 있는 악행의

씨 : 씨앗이 자라서 사 씨를 괴롭히는 모습을 통해 읽는 사람들에게 교훈을 주고 있어요. 첫째로,

남 : 남성 중심 사회였던 조선에서 첩을 두는 제도에 대한 비판과 양반의 부도덕함을 고발하고 있어요. 둘째로,

정 : 정직하고 바르게 사는 사람은 결국 복을 받고, 교활하고 간사한 사람은 벌을 받는다는 권선징악의 메시지를 전하고 있어요.

기 : 기본적으로 영웅 소설이 대두되었던 시절에 가정 소설이라는 새로운 장르를 개척했던 의미 있는 작품이지요!

여학생 : (박수를 치며) 멋진 설명이었어!

선생님 : 좋았어! 그럼 〈사씨남정기〉에 대해서 더 알아볼까?

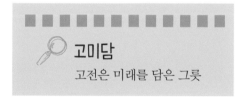

고미담
고전은 미래를 담은 그릇

고전 소설 속으로

〈사씨남정기〉는 김만중의 한글 소설로 처첩 갈등이라는 새로운 주제를 다룬 우리나라 최초의 가정 소설이다. 줄거리로만 보면 한 양반 집안에서 벌어지는 갈등을 다루고 있지만, 역사적인 사건을 풍자한

작품이라고 할 수 있다. 김만중은 인현왕후를 폐위시키고 장희빈을 비로 맞이한 숙종을 뉘우치게 할 목적으로 〈사씨남정기〉를 창작했다고 한다. 중국을 배경으로 당시 시대 상황을 반영한 〈사씨남정기〉, 이야기 속에 숨겨진 뜻이 무엇인지 알고 나면 더욱 재미있게 읽을 수 있다.

미리미리 알아 두면 좋은 상식들

1. 작가 알아보기

〈사씨남정기〉의 작가 서포 김만중(1637~1692)은 조선 숙종 때의 문신으로, 〈구운몽〉을 지은 작가이기도 하다. 병자호란 때 강화도를 지키던 김익겸의 유복자로 태어나 어머니 윤씨의 열성적인 교육을 받으며 자랐다. 숙종의 첫째 왕비인 인경왕후의 숙부이기도 하다. 29세에 장원 급제한 뒤 암행어사, 도승지, 예조 참의, 공조 판서를 거쳐 대사헌의 자리에까지 오른다. 옳고 그름의 판단이 분명했던 김만중은 바른말을 하다가 당파 싸움에 휘말리고 만다. 그 당시는 서인과 남인의 정권 다툼이 벌어지던 시기로, 장희빈이 숙종의 총애를 받으면서 남인이 세력을 잡는다. 서인이었던 김만중은 희빈 장 씨를 비난하다가 평안북도 선천으로 귀양을 간다. 효성이 지극했던 김만중은 소설을 좋아하시는 어머니를 위해 유배지인 선천에서 〈구운몽〉을 썼다. 다행히 3년 뒤 풀려났으나, 이듬해 숙종이 인현왕후를 쫓아내고 장희빈을 왕비로 세우자 이를 반대하다가 다시 경상남도 남해로 유배를 간다. 이곳에서 숙종의 마음을 돌리기 위해 〈사씨남정기〉를 지었다. 하지만 김만중은 유배지에서 병을 얻어 숨을 거두고 만다.

2. 〈사씨남정기〉 속 특징은?

숙종 15년~18년 사이에 쓰인 〈사씨남정기〉는 일부다처제 가정에서 벌어지는 비극을 보여 준다. 권선징악의 교훈을 강하게 드러내고 있으며 임금의 잘못에 대한 날카로운 저항 의식이 숨어 있다. 김만중은 〈사씨남정기〉를 통해 숙종이 인현왕후를 폐위하고 장희빈을 왕비로 삼은 것을 풍자한다. 작품의 배경을 조선이 아닌 중국으로 설정한 것도 좀 더 자유롭게 당시 상황을 비판하기 위해서이다. 조선의 임금을 직접 비판하기 보다는 중국에서 일어난 일이라고 하면서 간접적으로 표현한 것이다. 이를 통해 독자들은 자연스럽게 숙종이 인현왕후를 쫓아낸 사건의 옳고 그름을 판단할 수 있게 된다.

3. 숙종의 마음 짐작하기

숙종이 실제로 〈사씨남정기〉를 읽었는지는 알 수 없다. 하지만 전해지는 이야기에 의하면 어느 날 숙종이 궁녀에게 소설을 읽어 달라고 했는데, 마침 궁녀가 〈사씨남정기〉를 읽어 줬다고 한다. 숙종은 아마 사 씨가 쫓겨나는 장면에서 여러 가지 생각이 들었을 것이다. 그 뒤 숙종은 자신의 잘못을 알고 장희빈을 내쫓고 인현왕후를 다시 복위 시킨다. 하지만 아쉽게도 김만중은 인현왕후가 복위되는 것을 직접 보지 못하고 유배지에서 세상을 뜬다.

4. 〈사씨남정기〉 속에서 빗댄 인물들

사 씨 부인 : 어질고 정숙하며 너그러운 덕행을 지닌 본처, 인현왕후를 나타냄.

교 씨 : 자신의 이익만을 생각하는 간악하고 욕심 많은 유연수의 첩, 장희빈을 나타냄.

유연수 : 수동적이고 나약하며 우유부단한 인물, 숙종을 나타냄.

김만중은 재미있는 소설을 통해 교훈을 전하는 것이 더 효과적이라고 생각했다. 역사책은 사람들에게 감동을 주지 못하지만, 역사를 바탕으로 쓴 소설은 사람들의 마음을 움직여 웃고 울게 할 수 있다는 것이다. 그렇기 때문에 인현왕후를 폐위시키고 장희빈을 왕비로 맞이한 숙종을 뉘우치게 할 목적으로 〈사씨남정기〉를 창작하였다.

〈사씨남정기〉를 통해 독자들은 당시 사회 모습을 다양하게 살펴볼 수 있다. 인현왕후와 장희빈을 둘러싼 정치 상황, 유교 사상의 영향으로 인한 남존여비 풍토, 한자는 높게 보고 한글은 낮게 생각했던 조선 사회의 분위기도 느낄 수 있다. 뿐만 아니라 사회 모습이 작품 속에 어떻게 녹아 있는지도 알게 된다.

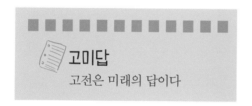

고미답
고전은 미래의 답이다

고민해 볼까?

사씨남정기의 비극은 사 씨가 대를 이을 아들을 낳지 못해 교 씨를 첩으로 들인 것에서 시작된다. 아들을 낳지 못하면 첩 혹은 양자를 들여서라도 대를 이어야 했던 이유는 무엇일까? 딸은 대를 이을 수 없는 존재로 여겨졌기 때문이다.

하지만 500년 조선의 역사가 전부 남성 우월주의를 가지고 있었던 것은 아니다. 성리학이 본격적으로 자리를 잡은 조선 후기부터 남존여비(남성은 귀하게 여기고 여성은 낮추어 봄) 사상이 대두되기 시작했다. 그렇다면 그 이전의 여성들의 지위는 어땠을까?

고려 시대에는 여성의 지위가 남성과 동등했고, 외출할 때에 말을 타고 다닐 정도로 자유로운 활동을 보장받았다. 그러한 사회적 분위기는 조선 시대까지 이어져 조선 초기만 해도 고려 시대와 별다를 바가 없었다고 한다. 조선 초기와 후기를 비교하면 그 차이를 더욱 극명하게 확인할 수 있다.

〈재산의 분배〉

초기-아들과 딸의 구별 없이 균등 분배

후기-딸보다 아들에게 더 많은 유산을 물려주었고, 후엔 큰아들 중심으로 재산 분배가 이뤄짐

〈제사의 진행〉

초기-아들과 딸이 번갈아 가며 제사를 진행. 아들이 없는 경우엔 딸이 진행

후기-아들, 그중에서도 큰아들이 맡아서 진행

〈족보〉

초기-남녀 구분 없이 태어난 순서에 따라 기록. 사위와 외손자, 외손녀까지 기록

후기-남자 형제 먼저 기록 후 여자 형제를 기록. 결혼한 딸의 경우 사위까지만 기록

〈결혼〉

초기-남편의 처가살이가 보편적

후기-아내의 시집살이가 보편적

〈재혼〉

초기-여자도 재혼이 자유로웠지만 세 번 이상의 재혼은 지양함

후기-여자가 재혼을 하는 경우, 그 자식과 손자까지 벼슬을 할 수 없는 제도가 있어 실질적으로 여성의 재혼이 금지되었음

미처 생각하지 못한 질문

1. 유연수가 끝까지 첩을 들이지 않았다면 유연수와 사 씨 부인은 행복했을까?

2. 귀양 가는 것은 다 나쁠까? 귀양을 갔기 때문에 역사에 남는 인물이 된 사람은 누구일까?

3. 사 씨가 꾼 꿈과 내가 꾼 꿈은 무엇이 다를까?

답을 찾아 한 걸음씩 나아가기

〈사씨남정기〉는 본처인 사 씨 부인이 첩에게 쫓겨 머나먼 남쪽 지방으로 떠나게 된 사연을 다루고 있다. 만약 사 씨 부인이 대를 이을 아들을 낳았더라면 첩을 들이지도 않았을 것이고 갈등도 없었을 것이다. 그렇다면 대를 잇는 일은 꼭 아들이 해야만 할까?

토론하기

대를 잇는 일은 꼭 필요할까?

1. 딸이어서 좋은 점과 불편한 점 알아보기

2. 아들이어서 좋은 점과 불편한 점 알아보기

3. 아들이 꼭 대를 잇지 않아도 된다면 세상은 어떻게 달라질까?

조생원전

조혜성과 김 소저

명나라 헌종 때, 절강부 지역에 조 생원이 살았다. 조 생원의 집안은 대대로 나라에 보탬이 되는 일을 해 왔으나, 조 생원에 이르러서는 별다른 벼슬을 맡지 못하고 있었다. 조 생원 부부는 비록 벼슬은 없었으나 넉넉한 살림에 정답게 지냈다. 부부는 딸 혜경과 아들 혜성을 사랑으로 키웠다. 어느 날, 조 생원이 부인에게 말했다.

"혜성이가 총명하니 장래를 위해서라도 도읍지로 가는 것이 좋지 않겠소?"

부부는 조상의 묘를 지킬 하인들을 놔두고 남매와 함께 황성(황제가 있는 나라의 도읍)으로 가서 터를 잡았다. 시간이 지날수록 혜성은 더욱 총명해지고 건장해졌다. 하지만 집이 너무 번화한 곳에 위치한 탓에 다시 조용하고 집중하기 좋은 시골 절강부로 내려가 학업에 힘쓰기로 했다.

혜성이 떠나는 날, 조 생원이 흰색 옥 반지를 주면서 말했다.

"이 반지는 우리 집 대대로 내려오는 물건이니 잘 간수하여라."

혜성은 절강부 집에 도착한 뒤 다시 공부에 전념했다. 서너 해가 지나자 학문에 있어서는 혜성을 따라올 자가 없었다.

어느 봄날, 혜성은 산책을 하던 중에 절강부에서 아름답다고 소문난 김 소저를 보았다. 김 소저의 모습은 마치 푸른 하늘에 가을 달이 뜬 것 같았다. 두 뺨은 아침 이슬에 복숭아꽃이 피는 듯했으며 팔자 눈썹은 가느다란 초승달을 빗긴 모양이었다. 입술은 모란꽃 같으며 검은 머리카락은 두 귀밑을 덮었다. 이 아름다움을 어찌 다 말할 수 있을까! 그날 이후 혜성은 김 소저의 모습이 눈에 아른거려 도저히 공부에 집중할 수가 없었다. 혜성은 하인에게 김 소저 이야기를 들었다. 김 소저는 외삼촌인 정 숙도의 집에 살고 있었다.

정 숙도는 출세에 욕심이 없어 농사를 지으며 지내던 선비였는데 사람들은 그를 정 생원이라 불렀다. 정 생원의 조카인 김 소저는 덕이 높았던 선비 김전의 딸이었다. 김 소저는 일찍이 부모를 여의고 어린 동생 그리고 유모 춘상과 함께 지내고 있었다. 그런데 전국에 산적이 들끓어 피란길에 올라야 했다. 그 길에서 산적에게 피습을 당하는 바람에 식구들이 흩어지고 말았다. 다음 날 집으로 돌아오니 동생은 어디로 갔는지 알 수 없었고, 집은 불에 타서 터만 남아 있었다. 기댈 곳이 없었던 김 소저는 유모 춘상과 함께 어쩔 수 없이 외삼촌 집에서 신세를 지게 된 것이었다.

이야기를 듣고 난 혜성은 근심에 빠졌다.

'혼인을 주선할 부모가 없으니 어찌해야 한단 말인가?'

결국 혜성은 정면으로 부딪혀 보기로 했다. 정 생원의 집을 찾아가자 정 생원이 혜성을 반갑게 맞이했다.

며칠 후, 이번엔 정 생원이 혜성의 집을 방문하자 혜성은 좋은 술과 음식으로 정 생원을 극진히 대접했다. 분위기가 무르익자 혜성이 먼저 김 소저에 관한 이야기를 꺼냈다.

"생원께서는 조카를 맡고 있다고 들었습니다."

"제 누이의 딸인데 일찍이 혼자가 돼 제가 맡아 기르고 있습니다."

"김 소저의 성품에 대해 많이 들었습니다. 분에 넘치오나 소생을 부족하다 생각하지 마시고 혼인을 의논하시는 것이 어떻겠습니까?"

"감격스러운 일이지만 조카의 뜻을 아직 모르고, 선비의 부모님께서 황성에 계시니 혼인을 맡아 할 이가 없어 어떻게 해야 할지……."

"아닙니다. 소생이 이곳으로 내려올 때 부모님께서 대대로 내려오는 흰색 옥 반지를 주시며 어진 처자가 있다면 예물로 쓰라고 하셨습니다."

"집에 돌아가 의논한 후에 말씀드리겠습니다."

　정 생원은 부인에게 혜성의 제안을 어떻게 생각하는지 물었다. 부인은 그 좋은 혼사를 자신의 딸이 아닌 김 소저와 진행하려는 것이 못마땅해 대답하지 않고 돌아앉았다.

　'혼인은 하늘의 뜻인데 사람의 힘으로 어찌할 수 있겠나.'

　정 생원도 안타까웠지만 어쩔 수 없는 노릇이었다. 정 생원은 혜성의 뜻을 받아들여 혼례를 위한 준비를 착실히 진행했다. 어느덧 혼례일이 다가왔다. 말을 타고 정 생원의 집으로 출발하려는 혜성에게 오랜 시간 함께한 늙은 종이 다가와 말했다.

"혼인처럼 큰일을 부모님께 알리지도 않고 진행하시다니요. 조 생원께서 아시는 날에는 화를 면치 못할 것입니다."

"내가 비록 어리나 깊이 생각하고 정한 일이니 물러나 있어라."

혜성은 그길로 말을 몰아 정 생원의 집으로 향했다. 혜성과 김 소저가 예식에 따라 서로 인사를 주고받았다. 신랑의 풍채와 신부의 아름다움이 돋보여 하늘이 맺어 준 한 쌍 같았다.

장원 급제와 두 번째 아내

혜성과 김 소저가 행복한 시간을 보내고 있을 때였다. 혜성에게 황성에서 과거를 실시하니 급히 올라오라는 편지가 왔다. 혜성은 며칠을 고민하다가 황성으로 올라가기로 마음을 정했다. 절강부를 떠나는 날, 혜성과 김 소저가 손을 맞잡고 마지막 인사를 나눴다. 혜성의 눈물이 옷깃을 적셨다.

"내 어쩔 수 없이 상경하게 됐으니 부인은 몸 건강히 잘 지내시오. 머잖아 다시 만날 것이오."

"저는 신경 쓰지 마시고 먼 길 조심히 가시옵소서. 과거에 급제하여 나라를 빛내시길 바라옵니다."

과거 시험 날이 밝자 시험장에 천하의 선비들이 구름처럼 모였다. 시험이 시작되고 '요조숙녀 군자호구'(요조숙녀는 군자의 좋은 짝이다)가 제목으로 걸렸다. 혜성은 단숨에 글을 써 내려갔다. 다시 봐도 고칠 것 없는 완벽한 문장이었다. 이때는 돈이나 재물로 벼슬을 사는 일이 허다하여 어진 사람이 드문 시기였다. 그러니 혜성의 글이 더욱 눈에 띄었다. 황제가 직접 답안지를 보더니 기뻐하며 혜성을 불렀다.

"오늘 자네 같은 인재를 얻었으니 이는 나라의 큰 복이로다!"

황제는 혜성에게 한림학사(임금의 명령을 받아 문서를 짓는 일을 맡아보던 벼슬)라는 벼슬을 내렸다. 며칠 뒤, 혜성이 입궐하니 황제가 반기며 말했다.

"과인에게 외손녀가 하나 있느니라. 비록 외모와 덕을 갖추진 못했으나, 그대를 도와 집안을 살필 것이니 배필로 어떠한가?"

'내가 후처를 들이면 김 소저가 너무 안쓰럽고…… 하지만 부모도 모르게 한 혼인인데 어떻게 해야 하는가. 게다가 황제가 제안한 혼사를 어찌 거역할 수 있을까.'

혜성은 황제의 은혜를 고맙게 여기며 물러났다. 가족들에게 황제의 말을 전하니 집안의 경사라며 기뻐했다. 하지만 혜성은 말 못할 고민에 몸져누웠다. 혜성이 병에 걸렸다는 소식에 황제가 어의를 보냈다.

"사람으로 인해 생긴 병이니 당사자를 보지 못한다면 그 어떤 약을 쓰더라도 낫지 않을 것이옵니다."

혜성의 병세를 살펴본 어의가 말했다. 식구들이 아무리 물어도 혜성은 입을 열지 않았다. 그러자 혜경이 혼자 남아 조용히 물었다.

"네 마음속에 있는 걱정을 전부 말해 보거라. 남매간에 무슨 말을 못 하겠느냐?"

그제야 혜성이 김 소저와의 혼인에 대해 털어놓았다. 혜경이 놀라 부모에게 이 사실을 전했다. 크게 화가 난 조 생원이 혜성을 꾸짖었다. 그 모습이 마치 겨울 서릿바람이 몰아치는 것처럼 차가웠다. 그러자 혜경이 무릎을 꿇고 조 생원에게 청했다.

"김 소저는 김 어사의 손녀로 정숙하고 품위가 있다고 하옵니다. 차라리 김 소저를 불러 혜성의 병을 간호하게 하시옵소서."

딸의 진심 어린 부탁에 조 생원은 마음을 고쳐먹었다. 직접 편지를 쓴 뒤 늙은 종을 시켜 절강부의 김 소저에게 전하라고 일렀다. 며칠 후, 늙은 종이 전해 준 편지를 읽은 김 소저가 외삼촌 정 생원에게 탄식하며 말했다.

"남편이 저와 부모님을 속이고 결혼한 것이 분명합니다. 게다가 저를 기생으로 알고 늙은 종을 시켜 예를 갖추지 않으니 어찌 따라갈 수 있겠습니까? 저는 이곳에 남겠습니다."

김 소저는 단숨에 혜성에게 답장을 써서 보냈다.

'시부모님께서 보내신 뜻밖의 편지를 받았사옵니다. 당신의 병세가 위중하니 간병을 위해 올라오라고 하시더이다. 하지만 소녀에게 거짓을 말하고, 부모에게 알리지 않고 혼인한 불효자가 무엇을 할 수 있겠사옵니까. 이런 졸장부와는 다시 만나고 싶지 않습니다. 다른 사람들의 웃음거리가 되지 않게 죽는 날만을 기다릴 뿐이옵니다.'

혜경은 김 소저의 답장을 읽은 뒤, 그 곧은 기개에 감탄했다. 그리하여 조 생원에게 편지를 고쳐 보낼 것을 설득했다. 조 생원은 마음을 담은 편지를 써 동생 편에 보냈다. 정 생원은 조 생원의 편지를 가지고 온 동생을 예를 갖추어 대했다. 김 소저는 시아버지 조 생원의 진심 어린 마음이 담긴 편지를 읽어 내려갔다. 조 생원의 마음이 느껴지자, 언짢았던 속이 눈 녹듯이 풀리는 것 같았다. 김 소저가 황성으로 올라가기로 하자 정 생원이 떠날 채비를 도왔다.

"마음을 다하여 시부모님을 받들고, 정성껏 남편을 섬겨야 하느니라."

정 생원은 김 소저의 손을 잡고 당부했다. 김 소저도 정 생원의 말을 마음 깊이 새겼다. 김 소저가 황성에 도착하자 조 생원 부부와 혜경이 반갑게 맞이했다. 시댁 식구들은 김 소저의 용모뿐 아니라 됨됨이에 감탄했다. 김 소저가 자신을 소개하자 조 생원이 기뻐하며 말했다.

"김 소저의 할아버님은 충효가 뛰어난 분이셨고, 우리 집과 대대로 가깝게 지냈느니라. 이는 하늘이 맺어 준 인연이 아니겠느냐. 무례한

편지로 언짢았을 터인데, 부디 잊어 다오."

김 소저는 혜경과 더불어 혜성을 정성껏 간호했다. 열흘이 지나자 혜성은 다시 건강한 모습을 되찾았다. 생원 부부가 모두 며느리 덕이라며 김 소저를 칭찬했다.

혜성이 나았다는 소식을 들은 황제의 사위인 유 부마가 조 생원의 집을 찾아왔다. 유 부마는 자신의 딸인 후주와 혜성의 혼인날을 잡고자 했다. 조 생원은 예를 갖추어 유 부마를 맞이한 뒤, 혜성과 김 소저가 이미 혼인한 사이인 것을 밝혔다. 유 부마는 안타까웠지만 혼인은 하늘에서 정하는 것이니 어쩔 수 없었다. 집으로 돌아가 부인인 공주에게 결혼이 취소될 수밖에 없는 사연을 말하자 공주도 안타까워했다. 이때, 옆에서 이야기를 듣고 있던 유 부마의 딸 후주가 입을 열었다.

"이미 조혜성과 혼담을 나눴는데 어찌 다른 가문과 연을 맺겠사옵니까? 저는 이미 조 씨 집안의 사람입니다. 부디 살펴 주시옵소서."

후주는 어머니가 꾸짖고 달래어도 듣지 않았다. 유 부마는 이튿날 조정에서 혜성을 만나 후주의 완고한 마음을 전했다. 혜성은 감당할 수 없다고 사양했다. 하지만 듣고 있던 황제까지 후주와 혼인할 것을 권하니 어쩔 도리가 없었다. 황제의 명을 거절할 수는 없는 법이었다. 혜성은 그렇게 하겠다고 대답했다.

혜성이 부모에게 황제의 명을 전하니, 조 생원이 김 소저를 불러

자초지종을 말했다. 혹시라도 후주가 어질지 못해 김 소저를 쉽게 대할까 걱정되는 마음도 내비쳤다.

"만약 후주가 어질지 못해도 제가 공손히 대하면 불편한 일이 없을 것이옵니다."

"어쩌면 저리 마음이 넓을꼬?"

모두들 김 소저를 칭찬했다.

혼례일이 다가오자 황제가 덕은 높지만 벼슬이 없는 조 생원을 평장사로 임명했다. 두 집안 간의 불편함이 없도록 하려는 것이었다. 조 생원은 황제의 은혜에 감사했다.

혼례일 아침, 혜성이 예복을 입고 부마궁에 도착했다. 조정의 관료들이 길 좌우에 서서 축하하고 종들이 행렬을 따라오니 그 모습이 웅장하고 화려했다. 후주가 궁녀들에 둘러싸여 들어오자, 혜성이 고개를 들어 새 신부를 바라보았다. 매우 아름다웠지만 김 소저만큼은 아니었다.

이튿날, 부부가 된 혜성과 후주가 부마와 공주에게 인사를 드리자 공주 부부가 반갑게 둘을 맞이했다. 며칠 뒤, 혜성과 후주가 본가로 돌아왔다. 평장 부부는 아직까지 후주가 미덥지 못해 진심으로 반기지 못했다. 이때 김 소저가 나타나자 그곳의 모든 사람들이 김 소저의 아름다움에 눈을 떼지 못했다. 김 소저가 먼저 후주에게 인사를 건넸다.

"귀한 분을 이렇게 뵙게 되어 광영이옵니다."

"제가 궁중에서 성장했지만 예의나 법도에 무례함이 있다면 맑게 가르쳐 주시길 바라옵니다."

"저희 집안도 대대로 벼슬을 지냈지만, 저는 시골에서 자라 행실을 잘 배우지 못했나이다. 제가 어찌 후주를 가르칠 수 있겠사옵니까."

김 소저의 깊은 마음씨에 모두가 감탄했다.

혜성은 후주가 온 첫날 이후로는 계속 김 소저와 함께 밤을 보냈다. 김 소저가 혜성에게 후주의 침소에도 들라고 말했지만 한 달에 한 번 정도 그 말을 따를 뿐이었다. 혜성이 후주를 헌신짝 보듯 하는 날이 늘어 갈수록 후주가 김 소저를 시기하는 마음도 날로 커져 갔다.

후주의 음모

그러던 어느 날, 김 소저의 임신 소식이 들렸다. 평장 부부와 혜성은 기쁜 마음에 김 소저의 부친을 모신 사당을 세웠다. 열 달이 지나 기다리던 첫아들이 태어나자 평장 부부와 혜성이 김 소저를 더욱 아끼고 사랑했다. 모두의 관심이 김 소저에게 쏠리니 후주는 김 소저를 시기하고 미워하는 마음을 주체할 수 없었다. 후주가 유모 윤 씨에게 하소연하자 윤 씨가 무서운 계획을 세웠다.

"김 소저의 자식이 자라면 마님의 신세가 더 가련해질 것이옵니다. 아예 아이를 죽여서 분함을 풀어 버리겠습니다."

후주는 좋은 생각이라며 서둘러 실행하라고 부추겼다. 윤 씨가 먼저 은화와 비단 등으로 김 소저의 여종 앵앵의 환심을 샀다. 다음으로 후주가 좋은 음식을 차려 앵앵을 맞이했다.

"너도 내 일을 대강 짐작할 거다. 이 신세가 가련해서 어찌 살겠느냐? 김 소저의 아들을 없애 준다면 너의 은혜를 잊지 않을 것이다. 부디 나의 원한을 풀어 다오."

후주가 큰돈을 건네며 부탁하자 앵앵이 감격하여 완전히 후주의 사람이 됐다. 그사이 김 소저의 아들은 건강하게 자라고 있었다.

어느 날, 유모 춘상이 아이를 업은 채 누각에 올라 주변을 구경했다. 앵앵이 기회를 엿보고 있던 중에 춘상이 물을 마시려고 잠깐 자리를 비웠다. 앵앵은 이때다 싶어 큰 돌을 챙겨 무방비한 아이의 가슴을 짓눌렀다. 일을 마친 앵앵은 이내 아무 일도 없었던 것처럼 자신의 방으로 돌아갔다. 물을 마신 춘상이 돌아와 보니 아이가 큰 돌에 깔려 있었다. 급하게 돌 밑에서 아이를 빼냈지만 아이의 숨은 이미 멎어 있었다. 춘상이 목 놓아 울자 집안 사람들이 모두 달려왔다. 차마 그 누구도 아이의 죽은 모습을 똑바로 볼 수 없었다.

평장 부부가 아이를 어루만지며 춘상에게 책임을 물었다

"저도 모르는 일이옵니다. 잠깐 물을 마시러 다녀온 사이에 벌어진 일이옵니다."

춘상은 통곡하며 겨우 말을 이었다. 평소 불안했던 후주의 행실이 떠오르자 평장 부부가 말없이 탄식했다. 혜성이 범인을 찾아내 크게 벌하겠다고 소리치자, 조 평장도 들끓는 화를 이기지 못하고 모두를 불러 모았다. 그때, 김 소저가 앞으로 나와 말했다.

"자식의 죽음은 하늘의 뜻이고 또 부모의 덕이 부족해서이옵니다. 여기서 엄벌을 내리시면 죄 없는 사람이 벌을 받을 수도 있으니 화를 참으시옵소서."

혜경도 나중에 범인을 찾아보자며 김 소저 의견에 따랐다. 모두가 슬픈 마음으로 아이를 땅에 묻었다.

후주의 음모가 무색하게 이듬해 봄이 되자 김 소저에게 다시 새 생명이 찾아왔다. 열 달 뒤에 태어난 아들은 부모의 모습을 닮아 건강하고 풍채가 좋았다. 평장 부부가 아이의 이름을 성진이라고 짓고 귀하게 키웠다.

그러자 후주의 시기심도 늘어 갔다. 게다가 김 소저의 첫아이가 죽은 뒤 혜성과 후주의 사이는 더욱 나빠졌다. 후주가 친정인 본궁에 가서 남편의 흉을 보자 공주는 후주를 크게 꾸짖었다. 공주의 꾸지람에도 후주는 반성하지 않았다. 어머니마저 나무라자 후주는 자신의 시기심을 털어놓을 곳이 한군데도 없었다. 후주의 질투와 분노는 나날이 커질 뿐이었다.

시간이 흘러 혜경도 재주와 슬기가 뛰어난 선비 이생과 혼인하였다. 혜경은 시댁과 친정을 오가며 지냈다. 이 무렵, 조 평장은 신임 절강부 자사로 임명되어 부인과 함께 집을 떠나게 되었다.

혜성은 집안의 중요한 일이 생기면 혜경과 김 소저와 의논했다. 김 소저는 후주에게 미안한 마음에 후주를 더욱 아끼고 챙겼다. 그러나 김 소저의 노력에도 불구하고 후주의 시기심은 줄어들 줄 몰랐다.

어느 날, 후주가 윤 씨에게 말했다.

"이제 시부모님이 안 계시니 이런 조용한 때를 노려 김 소저를 없애 다오."

윤 씨는 김 소저를 향한 혜성과 조 자사의 애정을 알기에 차마 뭐라 대답하지 못했다. 대신 본가에 놀러 온 자기 동생을 만나겠다며 잠시 외출했다. 얼마 뒤, 본가에서 돌아온 윤 씨가 후주에게 자기 동생에게서 들은 이야기를 전했다. 사람의 마음을 변하게 만드는 변심환이 있는데 은돈 몇 천 냥이라는 것이었다. 이야기를 들은 후주는 기쁜 마음을 감추지 못했다. 그리고는 얼마가 되더라도 구해 오라 일렀다. 윤 씨는 후주에게 받은 은돈을 동생에게 건네주며 빠른 시일 내에 구해 오라 당부했다.

후주가 윤 씨 동생에게 받은 변심환을 혜성의 밥에 섞여 먹이자 그날부터 혜성이 고통스러워하며 병석에 누웠다. 김 소저와 혜경이 수많은 약을 써 봤지만 듣지 않았다. 사경을 헤매던 혜성은 십여 일이 지나서야 자리를 털고 일어났다. 모두가 기뻐했지만 어째서인지 혜성의 행동이 전과 같지 않았다. 후주를 보는 표정이 밝고 맑은 반면 김 소저와는 눈만 마주쳐도 찡그리며 고개를 돌렸다. 혜경이 혜성의 행동을 나무랐지만 별다른 변화가 없었다. 혜경은 김 소저에게도 혜성의 변화와 후주의 교만함에 대해 걱정을 내비쳤다. 하지만 김 소저는 오히려 혜경을 안심시켰다.

"그렇다고 한들 제가 가만히 있는데 죄 없는 사람을 어찌하겠사옵니까? 아무리 악독하더라도 착한 본심은 쉽게 변하지 않는 법이지요. 그러니 너무 염려하지 마세요."

그러던 중 후주가 낳은 남자 아이가 서너 달 만에 피를 토하고 죽었다. 어머니의 죄로 아이가 대신 벌을 받은 것이었다. 후주는 범인을 엄벌하지 않으면 자신이 죽을 것이라고 통곡했다. 혜성이 김 소저의 여종을 다그치려고 할 때였다. 이야기를 들은 혜경이 혜성을 꾸짖었다.

"너는 병들어 죽은 자식의 원수는 갚으려 하고 돌 밑에 깔려 죽은 자식은 생각하지 않는구나. 누가 악하고 누가 선하단 말이냐? 죄 없는 사람을 벌주려는 짓은 그만두어라!"

혜성이 돌아가 통곡하는 후주를 달래며 훗날 다시 조치하겠다며 약속했다. 이 모든 것을 본 춘상이 김 소저에게 본 것을 말하자 김 소저가 당부했다.

"언젠가 어둠이 걷히고 날이 밝아 올 것이다. 오명을 씻을 날이 반드시 올 것이니 입단속 하여라."

친정에 머무르고 있던 혜경이 시아버지 이참경의 병환이 깊다는 연락을 받고 급하게 시댁으로 떠났다. 혜경이 떠나자 후주는 다시 변심환을 음식에 섞어 혜성에게 먹였다. 혜성은 한 달 동안 끙끙 앓다가 일어나더니 김 소저를 더욱 박대했다.

후주는 신이 나서 윤 씨와 함께 김 소저를 없앨 계획을 세웠다. 윤 씨가 앵앵에게 은돈을 주며 김 소저의 필체가 담긴 글을 하나 구해오라 시켰다. 앵앵이 김 소저 방이 잠깐 비어 있는 틈을 타 문서 하나를 훔쳐 왔다. 후주는 김 소저의 필체를 완벽하게 따라할 수 있도록 연습했다. 어느 날 후주가 앵앵에게 편지 하나를 건네며 혜성과 자신이 대화하고 있을 때 들고 오라 시켰다. 후주가 만든 가짜 편지였다.

'당신을 생각하니 가슴이 뜨거워지옵니다. 저의 외삼촌이 조 씨 집안과 결혼시켜 고생만 하고 있사옵니다. 남편이 날이 갈수록 저를 지독하게 대합니다. 남편에게서 후주를 떼어내려 했지만 마땅한 방법이 없어 우선 자식을 죽여 버렸사옵니다. 그렇게 해서라도 가슴의 한을 풀고 싶었나이다. 전하고 싶은 말은 끝이 없으나 보는 눈이 많아 이 정도만 적겠사옵니다. 부디 다시 만날 날을 기다리옵니다.'

편지를 읽고 난 혜성이 화를 주체하지 못해 주저앉았다. 그러자 후주가 통곡하며 혜성을 부추겼다.

"처음부터 제가 의심스럽다고 하지 않았사옵니까. 이거 보시어요. 제 생각이 맞았사옵니다."

혜성이 서슬 퍼런 기운으로 김 소저를 포박해 올 것을 명했다. 김 소저가 영문을 몰라 하자 혜성이 편지를 내던지며 문책했다.

"제가 비록 귀하게 크지는 못했어도 선비 집안의 여자이옵니다. 죄 없는 저를 해코지하려는 것이니 죽는 일이 있더라도 이런 더러운 일에 당하지는 않을 것이옵니다."

혜성은 김 소저 부친의 사당을 부수고 김 소저를 내쫓으라고 명령했다. 김 소저는 부친의 위패를 끌어안은 채 문밖으로 쫓겨났다. 주변이 어두워 잘 보이지 않았다. 김 소저는 손을 깨물어 혜경에게 자신이 억울한 누명을 쓰고 쫓겨나니, 부디 풀어 달라는 혈서를 남겼다. 김 소저는 혜경의 여종에게 혈서를 맡긴 뒤, 유모 춘상의 부축을 받아 절강부로 향했다.

진실이 밝혀지다

김 소저가 외삼촌 정 생원의 집에 도착했지만 정 생원은 이미 세상을 떠나고 없었다. 숙모는 김 소저를 탐탁지 않게 여겨 먹을 것도 제대로 주지 않았다. 그러던 중에 예전부터 김 소저를 마음에 두었던 사내가 숙모에게 많은 돈을 줄 테니 중매를 해 달라고 부탁했다. 김 소저가 이 사실을 알고 시아버지 조 자사를 찾아가려 했다. 하지만 조 자사는 절강부에서의 임기가 다해 이미 다른 지역으로 옮긴 지 오래였다. 김 소저와 춘상은 서러워 울다 지쳐 잠이 들었다. 그러자 꿈에 웬 노인이 나와 부채를 들어 멀리 한 곳을 가리켰다.

"저곳이 금강이라. 저곳으로 가면 도움 받을 사람이 나타날 것이다."

눈을 뜬 김 소저는 춘상을 깨워 달아났다. 해가 떠오를 무렵, 한 누각에 도착했다. 현판을 보자 '금강회삼정'이라 쓰여 있었다. 김 소저가 현판 옆에 붓으로 글을 써 내려갔다.

'저는 열 살에 부모를 여의고 동생과 헤어졌으며 집과 재산을 잃었사옵니다. 조혜성과 결혼했지만 누명을 쓰고 쫓겨나고 말았습니다. 지금까지 죽지 않은 이유는 배 속의 아이를 지키기 위해서지요. 하지만 사는 게 죽는 것과 다를 바 없어 이 물에 빠져 죽으려 하옵니다. 바라온대 용왕님께서 저를 살펴 주시옵소서.'

긴 소저는 춘상에게 부디 목숨을 보전했다가 자신의 누명을 벗겨 달라고 부탁했다. 말을 마친 뒤 김 소저가 물에 몸을 던지자 춘상이 울음을 터뜨렸다.

한편 금강 근처 백화촌에 유 어사가 살았다. 어사가 배 위에서 졸고 있는데 꿈에 한 노인이 나타나 말했다.

"지금 금강에 불쌍한 사람이 빠졌으니 서둘러 구하여라."

어사가 놀라 꿈에서 깨었다. 급히 노를 저어 금강으로 가니 울고 있는 춘상이 보였다. 어사는 서둘러 그물을 쳐 김 소저를 건져 냈다. 춘상이 김 소저의 손발을 주무르고 어사가 회생단을 구해 김 소저의 입에 흘려 넣었다. 잠시 후, 핏기가 사라졌던 김 소저의 얼굴에 혈색이 돌았다. 정신을 차린 김 소저가 어사에게 고개를 숙여 감사 인사를 했다. 어사는 김 소저를 불쌍히 여겨 두 사람을 집으로 데려갔다. 부인 주 씨에게 김 소저의 사정을 일러 주고 수양딸로 삼는 게 어떤지 물었다. 부인은 슬하에 자식이 없어 김 소저를 친딸같이 여기며 반겼다.

몇 달 뒤, 김 소저가 아들을 낳자 어사 부부는 기뻐하며 윤경이란 이름을 지어 주었다. 윤경이 일곱 살이 되자 친아버지를 찾는 일이 늘었다. 어사 부부는 늘 그것이 안타까웠다.

"내게는 십 년 전 길에서 얻은 아들이 있단다. 그 아이가 자라면서 친부모를 부르며 슬퍼했는데 너와 윤경을 보니 아들이 떠오르는구나."

"어디서 얻으셨는지요? 아들의 이름이 무엇이옵니까?"

"산동에 순무어사로 갔을 때 얻었는데 옷깃 속에 이름이 적혀 있었다. 친아버지의 이름은 김전이고 아이의 이름은 두성이었다."

그 글씨체를 확인하니 김 소저 아버지의 것이었다. 죽은 줄 알았던 동생이 살아 있다니! 김 소저가 통곡하자 사연을 들은 어사 부부가 놀라면서도 감격했다. 마침내 만난 남매는 서로 십 년 동안 있었던 일을 이야기하며 흐느껴 울었다. 김 씨 남매는 어사 부부를 정성으로 섬기며 은인으로 여겼다.

혜경이 시아버지의 병간호를 마치고 집으로 돌아오자 김 소저가 보이지 않았다. 혜성이 위조 편지를 보여 주며 쫓아냈다고 하자 혜경은 크게 화를 내며 꾸짖었다. 하지만 혜성과 후주는 들은 척도 하지 않았다. 혜경은 하도 기가 막혀 말이 나오지 않았다. 혜경이 방으로 돌아오자 여종이 김 소저의 혈서를 가져왔다. 김 소저의 억울한 심경을 알게 된 혜경에게 여종이 조심스레 말했다.

"전에 보니 앵앵이 윤 씨와 자주 만나더이다. 그런 뒤 이 사단이 일어났지요. 앵앵이를 문책해 보심이 어떨까 합니다."

혜경은 우선 앵앵이를 삼아 가두고 부모님이 돌아오기를 기다렸다. 얼마 뒤 집으로 돌아온 조 자사 부부는 김 소저가 보이지 않자 모든 일을 짐작할 수 있었다. 혜성이 그간의 일을 낱낱이 아뢰었다. 하지만 며느리의 성품을 아는 자사 부부는 이것이 음모임을 알아차렸다. 조 자사가 크게 화를 내며 혜경이 가두었던 앵앵이를 밧줄로 묶고 잘못을 캐물었다. 처음에는 거짓말을 하던 앵앵이도 곤장 50대를 맞고 윤 씨가 어떤 일을 시켰는지 실토했다.

조 자사는 뒤이어 윤 씨를 불러들여 사실을 말하라고 엄포를 놓았다. 윤 씨는 진실을 말하기는커녕 자신이 궁궐 사람인데 협박을 하냐며 오히려 큰소리를 쳤다. 하지만 곤장 60대를 맞고 난 뒤 자신이 한 일을 전부 털어놓았다. 조 자사는 윤 씨와 앵앵이를 죽이라 명한 뒤, 후주를 후원에 가뒀다. 황제의 외손녀를 어찌할 수 없었던 자사가 황제에게 이 일을 알렸다. 크게 놀란 황제가 노발대발하며 후주의 처벌을 조 자사에게 맡겼다. 궁궐에서 돌아온 조 자사가 후주를 후원에 가두고 혜성도 집어넣으려 했지만 손자 성진이 못하게 말렸다.

금강 누각에 김 소저의 글귀가 적혀 있다는 소문을 들은 조 씨 식구들이 모두 가슴 아파했다. 혜성과 성진은 김 소저의 수륙재(물과 육지를 홀로 떠도는 귀신에게 하는 공양)를 위해 신분을 감추고 금강으로 떠났다.

금강 근처에는 '청년암'이라는 절이 있었는데, 혜성과 성진은 수륙재에 필요한 흰쌀 300석과 비단 100여 필을 갖추고 금강에서 김 소저의 영혼을 위로했다.

한편 윤경은 김 소저에게 아버지를 찾아가고 싶으니 계신 곳을 말해 달라고 간곡히 부탁했다. 김 소저는 이것도 하늘의 뜻이라고 여기며 청년암으로 가서 공양하고 오면 알려 주겠다고 했다. 외삼촌 두성이 윤경을 데리고 청년암으로 향했다. 불전에 공양을 드리고 점괘를 보니 '반가운 사람을 만나지 못하리라'라고 나왔다. 두성은 김 소저에게 전하기 위해 점괘를 챙겼다. 청년암을 떠나려던 둘은 깊은 슬픔에 잠긴 통곡 소리가 나는 방 앞을 지나게 되었다. 방 안에서 혜성과 성진이 울고 있었다.

"선생께선 왜 울고 계십니까?"

"부인이 금강에 몸을 던져 죽었습니다. 제사를 올려 그 원혼을 위로하고 이렇게 울고 있었습니다."

윤경과 성진은 서로의 얼굴에서 그리워하던 아버지와 어머니의 얼굴을 발견했다. 볼수록 남 같지 않았던 둘은 자신의 이름을 밝히고 의형제가 되기로 했다. 성진이 자신의 성을 김 씨라고 한 탓에 윤경은 성진이 자신의 친형일 것이란 생각을 하지 못했다. 성진은 윤경에게 황성에 올라오거든 조혜성의 집을 찾아오라고 당부했다.

두성과 윤경이 김 소저에게 점괘를 건네며 절에서 혜성과 성진을 만난 일을 전했다. 이때 윤경이 성진과 의형제가 된 일도 말하자 김소저는 놀라며 조혜성은 윤경의 부친이고 성진은 윤경의 친형이라고 알려 주었다. 윤경은 마침내 부친을 찾게 돼 기뻐 당장 황성으로 올라가겠다고 했다. 김 소저는 결혼할 때 혜성이 줬던 옥 반지를 내어 주며 아버지에게 보이라고 일렀다.

두성이 윤경을 데리고 황성 조혜성의 집 앞에 도착하자 마침 혜성이 귀가하고 있었다. 혜성은 청년암에서 만났던 두 사람을 알아보고 집으로 데리고 들어갔다. 성진까지 합쳐 넷이 방에 둘러앉자 윤경이 물었다.

"전에 청년암에서 어르신이 김 씨라 하셨는데, 이번엔 조혜성이라 하시니 어찌 된 일입니까?"

"내가 그때는 내쫓은 부인을 위로하러 가는 길이었기에 외가의 성을 빌려 썼느니라. 나는 조혜성이다."

윤경은 눈물을 흘리며 어머니의 옥 반지를 꺼내 자신의 정체를 밝혔다. 혜성과 성진은 벼락에 맞은 것처럼 놀랐다가 윤경을 껴안고 목이 메어 울었다. 혜성은 두성과 윤경을 자사 부부에게 데려갔다. 그동안 김 소저의 죽음을 슬퍼하던 자사 부부는 며느리가 살아 있고, 또 둘째 아들까지 낳았다는 사실을 알게 되자 기뻐 눈물을 흘렸다.

혜성은 성진과 함께 백화촌으로 향했다. 윤 어사의 집에 도착해 인사를 드린 혜성은 후원 초당에서 김 소저를 다시 만날 수 있었다. 성진이 다시 만난 어머니를 붙들고 울자 김 소저는 성진을 달랬다. 혜성은 김 소저에게 함께 돌아가자고 부탁했다.

"이게 다 나의 잘못이오. 이제 부모님께서 돌아오셔서 범인들을 처리해 부인의 누명과 억울함을 풀어 주셨소. 아버지께서 후주도 죽이려 했으나 차마 죽일 수 없어 후원에 가두었소."

"다 제 운명이 기구한 탓이옵니다. 부디 후주의 죄를 용서하시고 다시 화목하게 지내시옵소서. 저는 이곳에서 남은 생을 마치려 하옵니다."

김 소저의 뜻이 완강해 혜성은 별 수 없이 집으로 돌아갈 수밖에

없었다. 하지만 혜성은 포기하지 않고 혼례에 필요한 물건들을 갖춰 백화촌을 다시 찾았다. 새로 혼례 의식을 치루고 혜성이 예를 갖춰 김 소저를 대하자 김 소저도 혜성을 받아들였다. 열흘이 지나도록 함께 시간을 보낸 두 사람은 슬슬 황성으로 돌아갈 준비를 했다. 어사 부부는 김 소저와 헤어지는 것이 못내 아쉬웠다.

"어르신의 은혜 덕분에 끊어졌던 인연을 다시 만났사옵니다. 어찌 이 은혜를 다 갚을 수 있겠습니까. 올라가면 두 분을 황성으로 모실 것이옵니다. 그때까지 만수무강하시옵소서."

김 소저가 황성 본가에 이르러 부모의 위패를 다시 세워 절하고 시부모께 인사를 드렸다. 자사 부부는 김 소저의 손을 꼭 잡으며 마음을 전했다. 집안이 정리되자 김 소저가 두 아들을 모아 놓고 당부했다.

"후주는 후원 깊은 곳에 갇혀 있더구나. 지금까지의 일은 후주의 죄가 아니라 유모 윤 씨와 여종 앵앵의 간사함 탓이니라. 너희는 후주에게도 마음을 써야 하느니라."

김 소저가 후주를 찾아가 위로하였다. 이에 후주는 스스로를 부끄럽게 생각해 얼굴을 들지 못했다.

"부인께서 고생하신 건 다 제 잘못이옵니다. 저는 만 번 죽어 마땅한데 시아버지의 큰 덕으로 지금까지 살아 있었습니다. 제가 부인의 얼굴을 다시 보니 부끄러운 마음을 헤아릴 수 없사옵니다. 부디 저의 잘못을 용서하소서."

김 소저는 후주를 진심으로 대하고 조금도 미워하지 않았다.

김 소저는 어사 부부와 한 약속을 위해 자사 부부에게 그동안 겪은 일을 다 말했다. 자사 부부는 기뻐하면서 어사 부부에게 상경해 주기를 간청하는 편지를 보냈다. 어사 부부가 감격하여 황성에 올라왔다. 두 집안은 한 가족처럼 화목하게 지냈다.

조 자사는 벼슬을 그만두고 윤 어사와 함께 시골로 내려가기로 했다. 그리고 두 사람 모두 벼슬에 큰 뜻이 없고 조용히 사는 것이 좋았다. 혜성 역시 한림학사 자리를 내려놓고 아버지를 따랐다.

온 가족이 함께 시골로 내려가기 위해 준비하는 중에 혜성은 후주를 황성에 두고 떠날까 고민했다. 하지만 김 소저가 혜성을 말렸다. 김 소저가 후주에게 의견을 묻자 자신도 조 씨 가문 사람이라며 함께 가고자 했다. 조 씨 집안이 하나가 되어 절강부로 내려가게 되자 모두 기뻐했다.

조 씨 가족들이 황성을 떠날 때, 조정의 신하들과 지인들이 몰려와 배웅했다. 조 씨 가문은 절강부로 내려와 조용한 마을에 집을 지었다. 어사의 집은 자사의 집 바로 옆에 세웠다. 혜성과 김 소저는 어사 부부를 친부모같이 봉양했다.

세월이 흘러 자사 부부와 어사 부부가 병으로 세상을 떠나자 혜성과 김 소저가 예를 갖춰 안장하고 정성을 다해 제사를 지냈다. 김 소저는 혜성이 후주와도 화해하기를 바랐다. 그 후에 김 소저는 3남 1녀를 두고 후주는 2남 1녀를 두었다. 모두 높은 벼슬로 출세하고 조씨 가문이 더욱 융성해졌다.

조생원전
부록

원전을 기본으로 하나 어려운 한자와 이해하기 힘든 부분은 풀어서 썼습니다. 또한 미루어 짐작할 수 있는 상황은 대화나 인물의 심리 상태를 추가해 고전에 쉽게 접근하도록 했습니다.

들어가기

장면1.

여학생 : 사람의 마음을 변하게 만드는 약이 있으면 어떨까?

남학생 : 무슨 말이야?

여학생 : 그럼 모든 사람들이 날 좋아하게 만들 수 있을 텐데!

남학생 : (콧방귀를 뀌며) 세상에 그런 약이 어디 있나? 그런 약이 있으면 서로 싸울 일이 없겠지!

여학생 : (눈을 흘긴다) 그러니까 있으면 좋겠다고!

장면2.

선생님 : 정말 그런 약이 있다면 싸움이 없어질까?

남학생 : 당연하죠! 모두가 서로 좋아할 텐데 당연히 싸울 일이 없겠지요!

선생님 : 다들 우리처럼 생각하고 그 약을 쓰면 좋을 텐데. 오히

려 남을 미워하게 만드는 데 그 약을 쓰는 사람도 있으
니…….

여학생 : 아! 〈조생원전〉의 후주를 말씀하시는 거죠?

선생님 : 그렇단다. 〈조생원전〉은 조선 시대에 쓰인 소설이지. 조
생원의 아들인 조혜성의 첫 번째 부인 김 소저와 두 번
째 부인 후주 사이의 갈등을 그린 가정 소설이야. 후주
의 간계로 덕이 높고 현명했던 김 소저가 쫓겨나지만 결
국 진실이 밝혀지게 된다는 권선징악의 이야기를 담고
있지.

남학생 : 선생님, 그런 약은 있으면 안 되겠어요. 서로 싸우기만
할 거 아니에요?

여학생 : (눈을 흘기며) 아까는 세상에 싸움이 없어진다며?

남학생 : (딴청을 피우며 헛기침을 한다) 흠흠!

장면3.

남학생 : 제가 사행시로 조생원전을 설명해 볼게요!

조 : 조생원전은 조선 시대에 쓰인 연대 미상, 작자 미상의 소설
이에요.

생 : 생생한 묘사로 가정에서 일어나는 일들을 그린 가정 소설이
지요. 덕이 높아 모두의 신임을 받았던 김 소저와 질투 많고

욕심 많은 후주 사이의 갈등을 보여 주죠.

원 : 원래 공주의 딸이었던 후주는 남편 조혜성의 마음을 독차지
하고자 마음을 변하게 하는 변심환을 먹이고, 여종을 사주해
김 소저의 아들을 죽일 정도로 무서운 일을 저질러요. 하지
만 결국

전 : 전부 밝혀지고 후주의 간계가 다 드러나게 됨으로써 권선징
악적 교훈을 주고 있어요.

선생님 : 대단하구나! 이제 〈조생원전〉을 더 자세히 알아볼
까?

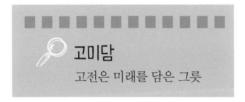

고미담
고전은 미래를 담은 그릇

고전 소설 속으로

〈조생원전〉은 조선 시대에 쓰였지만 정확한 연대와 작가를 알 수
없다. 조생원의 아들인 조혜성과 조혜성의 두 부인인 김 소저, 후주
간의 갈등을 다루고 있다. 소설 속 사건들이 가정에서 벌어지는 이야
기인 가정 소설의 형태를 지니고 있다.

1. 가정 소설이란 무엇일까?

가정 소설은 가정을 배경으로 일어나는 일들을 그린 고전 소설의 한 갈래이다. 주요 등장인물도 가족 구성원이며, 내용도 남편과 아내, 부모와 자식, 형제와 자매 간의 사랑과 효심, 우애, 갈등, 화해 등을 다룬다. 다만 유사한 다른 장르와의 변별성을 위해 한 세대만의 가족사를 다룬 점이 가정 소설의 특징이라고 할 수 있다.

가정 소설에서 가장 중요하게 여겨지는 것은 충, 효, 우애와 같은 가정 내 윤리이다. 가정 소설의 시작이라고 볼 수 있는 김만중의 〈사씨남정기〉는 양반 문학이었다. 양반의 부녀자들이 주 독자층이었으므로 가정의 윤리를 실천하는 방향으로 교훈적인 이야기가 담겨 있다.

2. 가정 소설의 종류는?

• 첫 번째 부인과 두 번째 부인 사이의 갈등을 소재로 해 가족의 화합을 강조하는 쟁총(爭寵)형 소설: 〈사씨남정기〉와 〈조생원전〉이 여기에 해당된다.

• 계모와 전 부인의 자식 간의 갈등을 그린 형태의 계모형 소설: 〈장화홍련전〉, 〈콩쥐팥쥐전〉등이 있다.

• 여성의 정절을 주제로 남녀의 화합을 그린 소설: 〈옥단춘전〉, 〈

옥낭자전〉, 〈숙영낭자전〉등이 있다.

3. 가정 소설과 비슷하지만 다른 장르

가문 소설 : 가문 간의 갈등과 가문 내 구성원 간의 애정 문제 등을 주제로 한 고전 소설. 가계 소설, 연대기 소설, 가족사 소설이라고도 불린다.

임진왜란과 병자호란 이후 혼란스러운 시국을 안정시키지 못한 사대부 권력층에 대한 불신은 사대부 권위의 약화를 가져왔다. 유교 사상의 회복과 지배 질서의 위기를 극복하고 가문의 번영을 지속하기 위한 것이 가문 소설의 목적이다.

가문 소설은 개화기 이후 현대 소설의 발전과 함께 새로운 문학 양식으로 염상섭의 〈삼대〉, 채만식의 〈태평천하〉, 박경리의 〈토지〉 등으로 계승되었다.

4. 전통 혼례의 순서

〈조생원전〉에서는 혼례 장면이 두 번 나온다. 옛날에는 어떤 순서로 혼례를 진행했을까?

• 중매 : 조선 시대의 혼인은 개인의 만남보다는 집안 간의 만남이었다. 혼담이 오고가는 과정 전체가 부모의 결정으로 이뤄졌다. 남자

와 여자의 생년월일, 시간을 적은 사주단자로 궁합을 맞추고, 혼인하기로 정해지면 혼서지(혼서를 쓰는 종이)와 예물을 담은 납폐함을 보내 약혼을 증명했다.

• 전안례 : 전통 혼례에서 결혼 당일 신랑이 대례를 치르러 신부 집에 갈 때 기러기를 가지고 가서 초례상 위에 놓고 절을 하는 절차. 기러기는 짝을 잃으면 결코 다른 짝을 찾지 않고 홀로 지낸다. 이러한 기러기를 본받아 영원의 사랑을 지키는 부부가 되라는 뜻으로 기러기를 놓고 예를 올리는 것이다.

• 교배례 : 신랑과 신부가 맞절하는 것. 상대방에게 백년해로를 서약하는 것이다.

• 합근례 : 술잔과 표주박에 각각 술을 부어 마시는 의례. 술잔의 술을 마시는 것은 부부로서의 인연을 맺는 것을 뜻하고, 표주박으로 술을 마시는 것은 부부의 화합을 의미한다. 반으로 쪼개진 표주박은 둘이 합쳐짐으로써 온전한 하나를 이룬다는 의미가 있다.

담고 싶은 이야기

〈조생원전〉은 덕스럽고 지혜로운 첫 번째 부인 김 소저와 질투심 많고 악독한 두 번째 부인 후주 사이의 갈등을 그리고 있다. 후주는 청부 살인, 변심환을 이용한 모함, 문서 위조 등을 통해 김 소저를 내쫓는다. 하지만 모든 사실이 밝혀지고 후원에 갇히는 신세가 되고 만다. 나쁜 마음으로 누군가를 괴롭히고 해가 되는 행동을 한다면 결국 모든 것을 되돌려 받는다는 권선징악의 교훈을 느낄 수 있다.

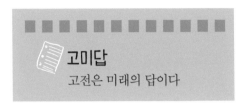

고미답
고전은 미래의 답이다

고민해 볼까?

〈조생원전〉이 창작된 조선 후기는 당파 싸움과 외세의 침략으로 인해 정치적으로 매우 혼란스러웠다. 양반 권력층에 대한 불신은 자연스럽게 평민 스스로 깨우치는 계기가 되었다. 이런 변화는 소설 문학에도 영향을 미쳤다. 소설 문학의 전반을 차지했던 양반들의 한자 문학과 함께 평민들이 즐기는 한글 소설 문학이 발전하게 된 것이다. 더불어 상업이 발달함에 따라 물질적인 가치를 중시하는 분위기가 생겨났다. 이로 인해 많은 사람들이 구시대의 관습을 그대로 지키려는 쪽과 새로운 변화의 흐름에 발맞춰 가려는 쪽으로 나뉘게 되었다.

〈조생원전〉에도 이와 같은 두 가지 흐름이 모두 나타나고 있다.

❶ 새로운 변화의 흐름
• 자유로운 애정 추구 : 조선 시대의 혼인은 집안 간의 만남이라고

할 수 있다. 부모의 결정으로 혼인이 이루어졌기 때문에 대부분의 신랑 신부는 결혼식 당일에 처음 만났다. 하지만 혜성은 이런 사회적 분위기에도 불구하고 자신이 선택한 김 소저와의 혼인을 포기하지 않는다.

• 능동적인 여성 인물 : 김 소저는 고전 소설에서 흔히 볼 수 있는 수동적 인물이 아니라 주체적으로 의사를 결정하는 인물이다. 혜성을 '졸장부'라고 하며 무조건 남편을 따르려고 하지 않는다. 이는 남존여비 사상으로 인해 자신의 목소리를 내지 못했던 조선 시대 여성들과는 다른 캐릭터이다.

❷ 구시대의 관습을 지키려는 모습

• 유교적 덕목 강조 : 조선 후기는 전반적으로 충, 효, 덕, 입신양명 등을 따르고 지켜야 할 덕목으로 삼았다. 〈조생원전〉에도 이러한 가치가 잘 나타나 있다. 김 소저의 덕, 어사 부부에 대한 효, 혜성이 후주와 혼인하라는 황제의 말을 감히 거절할 수 없었던 충, 입신양명의 꿈을 이루고자 하는 마음 등이 그것이다. 작품 속에는 이런 덕목들이 곳곳에 들어 있어 독자들에게 그 중요성을 강조한다.

• 악인과 선인을 통한 권선징악의 교훈 : 고전 소설은 대부분 악한 인물과 선한 인물을 대비시켜 이야기를 전개한다. 인물을 이분법적으로 분명하게 나눠야 독자가 감정이입할 대상이 확실해지고, 교훈

도 효과적으로 전달할 수 있기 때문이다. 〈조생원전〉은 선한 김 소저에게 감정 이입을 하도록 만든 뒤에 악인인 후주가 몰락하는 과정을 통해 권선징악의 교훈을 주고 있다.

미처 생각하지 못한 질문

1. 혜성이 김 소저와 후주를 똑같이 아끼고 따뜻하게 대했다면 후주의 질투심이 그렇게까지 커졌을까?
2. 소설의 내용을 보면 김 소저가 주인공이라고 해도 될 정도로 많은 분량을 차지한다. 그런데 왜 제목은 〈조생원전〉일까?
3. 〈조생원전〉은 조선 후기의 모습을 그리고 있지만, 작품 배경은 명나라이다. 굳이 명나라를 배경으로 설정한 이유가 무엇일까?

답을 찾아 한 걸음씩 나아가기

〈조생원전〉에는 후주가 확실한 악인으로 나온다. 후주가 벌인 일들은 모두 끔찍하고 벌을 받아 마땅한 일이다. 그렇다면 후주는 태어날 때부터 악인이었을까?

토론하기

사람을 착한 사람과 나쁜 사람으로 나눌 수 있을까?

1. 착하다는 것과 나쁘다는 것의 정의는 무엇일까?

2. 선과 악의 절대적인 기준이 있을까?

3. 우리가 사는 세상을 〈조생원전〉처럼 선과 악으로 명확하게 구분

   할 수 있을까?

교과서에 나오는 우리 고전 새로 읽기 1

초판 1쇄 인쇄 2019년 11월 11일
초판 1쇄 발행 2019년 11월 15일

글쓴이 엄예현
본문 그림 김용현
표지 그림 김주경
펴낸이 김옥희
펴낸곳 아주좋은날
편집 이지수
디자인 안은정
마케팅 양창우, 김혜경

출판등록 2004년 8월 5일 제16 - 3393호
주소 서울시 강남구 테헤란로 201, 501호
전화 (02) 557 - 2031
팩스 (02) 557 - 2032
홈페이지 www.appletreetales.com
블로그 http://blog.naver.com/appletales
페이스북 https://www.facebook.com/appletales
트위터 https://twitter.com/appletales1
인스타그램 appletreetales

ISBN 979 - 11 - 87743 - 76 - 7 (44800)
ISBN 979 - 11 - 87743 - 75 - 0 (세트)

이 도서의 국립중앙도서관 출판예정도서목록(CIP)은 서지정보유통지원시스템 홈페이지(http://seoji.nl.go.kr)와
국가자료공동목록시스템(http://www.nl.go.kr/kolisnet)에서 이용하실 수 있습니다.
(CIP제어번호 : CIP2019041000)

아주좋은날 은 애플트리태일즈의 실용·아동 전문 브랜드입니다.

┌─ 어린이제품 안전특별법에 의한 기타 표시사항 ─┐
품명 : 도서 | 제조 연월 : 2019년 11월 | 제조자명 : 애플트리태일즈 | 제조국 : 대한민국
사용연령 : 13세 이상 | 주소 : 서울시 강남구 테헤란로 201, 5층(02-557-2031)